你擁抱了我的青春

倪倪——著

推薦序

一開始看的時候，我想像中的故事是這樣的——獨自面對一切的少女，遇見了不羈的少年，那少年是純粹的黑白，隨心所欲地過活，他必會吸引那個彷彿跟他來自不同世界的少女，諸如此類的猜測，最後逐一的被打破。

明明也是看過很多青春戀愛故事的，我卻在看到結局的時候，有些意外，這個意外並不是覺得「怎麼會這樣」，相反的，整個故事的元素和事件都是可能發生在你我周遭，合理而熟悉的事件，加上這些鮮明的角色，就能理解作者安排的用意了。

我把我的青春給你，這是少女對少年說的話，亦是一首動人歌曲最清亮的副歌片段，如果聽過的人就會知道，下一句是「不是因為想換取和你的婚禮」，正好印證了所有年輕時談的戀愛的特質，也符合這個故事（好怕破梗啊啊）讀高中的年紀縱使年輕，世界小的只有朋友、暗戀的人還有家人，卻能為了這些人奮不顧身的留下永不遺忘的記憶，不管會不會後悔，流蘇和徐澈就是這樣的，看著他們會想起很多年少輕狂，正因為能讓人想起某個誰，才更能感動人，那人也許已經不在你生命裡了，但永遠活在記憶裡，就像某人給流蘇的愛一樣。

很喜歡這個故事，也希望每個看到這的人也會喜歡，也能想起自己曾經喜歡過的人，為誰付出在所不惜的回憶。

人氣作家　馬蘇蘇

目　次
CONTENTS

楔子

什麼是青春？

一個男孩與另一個女孩的美麗際遇？

從小到大彼此陪伴的青梅竹馬？

還是，穿著高中制服，翻越學校斑駁的紅磚圍牆，只為回首青澀年代時的那一句「不後悔」？

你笑了。淺淺的梨渦在嘴邊若隱若現，像兩灘水窪一樣，清澈透明。

忽然我明白了，我的青春，為的不過是你這一張笑臉，對著我笑。

一陣風吹來，你額前輕薄的瀏海像打翻了的顏料，稀釋過後，仍然那麼濃那麼深沉。我好害怕失去你。

現在想起來，為什麼會害怕失去？

原來，當我們開始在意、開始害怕失去某個人的時候，就是愛在心尖悄悄萌芽的時候。

你的眼裡始終下著雨，若不是勇敢的人很難闖入。

而我毅然決然走進滂沱大雨裡，即便被雨水浸濕，我依然希望我是站在你回頭時就能看見的地方。

如果我習慣等你，那麼，是否就要習慣等待你的落寞？

Chapter 01

人都是這樣的，需要藉由他人的答案來壯膽。

「早安，流蘇。」徐澈特有的慵懶嗓音爬入耳裡。「妳有寫昨天的作業嗎？」

握在手中的筆頓了一下，我頭也沒抬的「嗯」了聲，繼續演算化學習題。

「嗳，大家都是同學一場，別這麼冷漠，虧我還覺得妳今天特別美麗，彷彿窗外的太陽閃耀無比……」

我不自覺抬頭瞄他一眼，不過就那麼一瞬間，捕捉到他望向天空的同時，微微皺起的眉心。徐澈將早餐放在桌上，原本緊繃的塑膠袋一碰到桌面，像是洩了氣的熱氣球，發出沙沙聲響。

「其實你只是想抄作業吧……」我無奈地扯了扯唇角，「在你抽屜。」

徐澈高聲歡呼，早自修寧靜的空氣被劃破，同學們紛紛起了騷動。

都是這樣的。只要有人帶頭，姑且不論有意無意，大多會引起周遭人群仿效。例如有人在一片綠地丟了垃圾，經過的人看見了，自然而然拋去道德，將手中垃圾隨手一扔，久而久之那一小塊地方便會堆滿骯髒惡臭的垃圾。

「流蘇，妳不能總是這樣放縱他。」鄧雨莜側過半身說。

「我只是借他抄寫作業的人，他以後會怎樣，跟我無關。」而我只是淡淡的回。徐澈這個人怎麼樣，和我一點關係都沒有。他坐在我後面，我們的關係就只是抄作業跟借作業給人抄的關係，就像房東跟旅客，等他結束住宿，自然會離開，除此之外我們不會有其他交集。

鄧雨莐聳聳肩，對於我的回應不予置評。

午飯時間，我和鄧雨莐拿著各自的便當到後花園的樹蔭下吃飯。

後花園是明和高中學生最愛聚集的地方。一大片嫩綠柔軟的草地像絨毛毯子一樣，許多學生會在這裡吃午餐、聊天，有人就連午睡時光都會在後花園度過。晚上的時候，這裡看得到星星，於是自然成為了觀星社研究星星、紀錄與拍照的地點。

看到這，你可能覺得很無聊。那我再補充一點，後花園還是個告白聖地。

「今天太陽會不會太大了……」鄧雨莐半瞇著眼睛，打開鐵製餐盒，夾起一塊紅燒肉送入口中。

「天氣預報是說今天最高溫到三十二度。」我咬了一口飯糰。

「真的假的？那會有午後雷陣雨嗎？」鄧雨莐一面吃一面問。「下午的體育課我不想上，今天忘了帶防曬乳，要是曬黑就糟了。」

「應該是不會下雨。」我想了想又說：「妳還是聽聽就好，氣象局預測雨天跟颱風天的發生機率妳不是不知道。」

她點點頭，隨口應了聲。「對了，妳這句話最好別讓徐澈聽見，他媽媽在氣象局工作，若是知道妳這麼評論氣象局預測天氣的準確度肯定會大發雷霆。」

氣象局……

「嗯。」

記得有次英文老師上課拿氣象局預測颱風失誤的新聞開玩笑，徐澈忽然猛地拍桌，要求英文老師道歉，還大聲喝斥她不該拿別人的專業大做文章。結果最後徐澈什麼也沒得到，還吃上一支警告，實在是得不償失。

「其實他這樣也沒錯，不同職業的人也是得互相體諒，更何況英文老師是個外行人。再說了，天氣這種東西原本就很難預料，說變就變，也不是氣象局的人能掌控的。」

我吸了一大口紅茶，說：「他自己也是控制不住脾氣，畢竟對方是老師，就算她說了什麼不中聽的話，該有的禮貌還是要有。況且那不過是上課提振同學精神的玩笑話，聽聽就過了，何必放在心上。」

忽然鄧雨莯沒說話了，周遭倏地只剩下其他學生聊天的嘈雜聲音。我納悶地抬起頭，發現鄧雨莯正盯著我瞧。

「怎樣？」我忍不住問。

「流蘇，這是妳說過最長的一段話了。」她認真的眼神倒是讓我很無言。

陽光穿過葉隙，點點金光灑在鄧雨莯肩頭上，讓她看起來像是被呵護至極的天使。

最後我別過眼，說：「吃完就快點回去吧，快要午休了。」

＊

放學後，鄧雨莣要留學校晚自習，我便自個兒揹著書包走出教室。

突然身後一道慵懶的聲音喚住我。

「裴流蘇，流蘇花是在春天開花的嗎？」徐澈問。

我心頭沒來由一熱，隨後整理好情緒，淡淡的應了聲：「嗯。」聲音還有些沙啞。

「我知道了。」他打了一個呵欠，拉了拉肩上的背帶，轉身跨著大步離開。

徐澈的背帶調得極短，側背包是反過來背著的，深藍色布料十分乾淨，像是全新的一樣。我發現他居然沒有在上頭做任何塗鴉。

印象中，像他這樣的學生不是應該要做很多幼稚又無意義的事情嗎？

每天不寫功課、不交作業、上學遲到、上課時間翹課、愛穿便服褲、便服上衣、夾腳拖來學校，自以為和教官作對很偉大、很了不起，卻只是彰顯自己的行為多麼不成熟、多像長不大的孩子，叛逆、驕傲，一副跟全世界過不去的樣子，因為別人的一個眼神就與對方大打出手……

然而，徐澈卻是那種不打架、不鬧事的人。

但是會翹課。

並不是認為他的行為可以被原諒，而是比起明和高中裡那些整天無所事事只愛鬧事的不良少年少女，他已經算是在師長能夠容忍的範圍內了。

……呃，大概吧。

「裴流蘇，妳站在這裡幹嘛？不回家嗎？」鄧雨莣收完書包走了出來，往我面向的方向望了幾眼。

徐澈早就在轉彎處消失。

「嗯，要走了，再見。」我說著，並催促她快去晚自習中心報到，千萬別被記遲到。

踏出校門，碰上正在牽腳踏車的李佟恩。

橙紅色的夕暉籠罩住大地，李佟恩淺褐色的頭髮被染上血紅色的光，刺眼得讓我眼球脹痛。

「今天沒和妳那個朋友一起走？」他將腳踏車牽至人行道最裡面的位置，身體靠在紅磚圍牆上，雙手環胸。

我搖搖頭。「她今天留晚自習。」

「春天要過了呢，接下來是夏天了。」

「嗯。」

「就快要進入五月了，學校那棵流蘇樹的花應該也謝得差不多了吧。」

我不知道他為什麼突然提起這個，如同我不能理解徐澈剛才問我的問題

——流蘇花是春天開的花嗎？

是呀，是春天開的花，花期是三至四月。我想起高一經常看到徐澈躺在流蘇樹下睡覺、翹課，忍俊不住，笑了出來。

「笑什麼？」李佟恩似笑非笑的問。

「沒事。走吧。」我說。

理所當然地坐上李佟恩腳踏車後座，迎著微涼的風，回家。

*

當年爸爸外遇，和媽媽每天在家中吵得不可開交。那陣子兩人總是說不上三句話便吵起來，吵到各自火氣足了、找不到稱得上尖酸刻薄的話語質疑對方在這些年婚姻當中的付出了，難聽字眼便自然而然地衝口而出。大抵爸爸媽媽就是要將彼此羞辱得一文不值，大不了離婚。

可是，媽媽忘了。

離了婚，爸爸若運氣好，大可以和他們之間的第三者共度下半輩子。但媽媽就不一樣了，自從與爸爸結婚之後，家中大小事皆由她一手扛起，一整天下來的家事量讓她無暇與朋友相聚，除了一星期一次出門買菜之外，她幾乎沒有什麼戶外活動，久而久之，變成了完完全全的「家庭主婦」。

和外面的接觸愈來愈少，媽媽哪有什麼機會另尋依靠？

「我眼裡啊，就妳爸爸人最好、最值得託付終身。這樣子沒什麼不好呀，反正我這輩子就是跟定妳爸爸了，一直待在家沒關係，因為我等的人是他。」

那時候的媽媽說這句話時，眼裡是滿滿的笑意。

可是她不知道，命運終究是捉弄了她。

在我升上國二的那年春天，有次媽媽到爸爸的公司替他送早上忘記帶出門的便當，進公司時，被公司內的幾位員工調侃了幾句，馬腳就這麼露出來了——

「現在的社會啊，真的很少遇到像妳這麼忠心的老婆囉。」

「但若要比較，還真有點難度啊……」

「裴太太，妳趁早發現還好，瞧妳這發現的時間卡在中間，要早不早，要晚不晚的，想挽回還得多花些功夫喔。」

我不會忘記，媽媽那天晚上是怎麼哭著睡著的。

她問我能不能和我一起睡？我連回答都來不及，眼淚就先從她的眼角滾落。

接下來是一連串的爭吵。媽媽從原先默默地掉淚，到最後與爸爸相互咆哮爭執，有時甚至會摔壞家中易碎物品。而地上的碎片，彷彿是他們的婚姻，不能重來，更無從拼湊。

雖然當時的我已經接近成熟的階段，但看見這樣的畫面，不免有些害怕。

──他們接下來要離婚了嗎？

──這個家分崩離析了嗎？

──我要變成單親家庭的小孩？

──還是我會被爸媽拋棄？

裴流蘇……妳以後會是什麼樣子？

最後我崩潰大哭，奔出早已沒了溫度的房子，甩上門的同時，我再一次聽見玻璃碎裂的聲音在地板上炸開。

「妳在這裡做什麼？」

我是在那時遇見李佟恩的。在我最徬徨、感到最無助的時候。

我並不認識他，他卻來和我搭話，也許是因為當時情緒關係，我壓根兒沒想過問他為什麼要前來關心一個陌生人——哭得很醜，很狼狽的女孩。後來我們成為好朋友，我也沒想過要問起這件事。畢竟過去都過去了，重新提起似乎也沒什麼意義，反而像是炫耀，又或者把別人的關心當作是搭訕女孩子的招數，誤了重點。他是真的關心我。

李佟恩在我生命最低潮的時候出現，也陪伴我走過那段無味時光。

「你覺得，我要跟誰？」我淡淡地問。

說真的，我並不奢望他給我什麼篤定的答案，他不是我，也沒經歷過像我一樣痛苦的事，怎麼能交出一個兩全其美的辦法？我只是希望有人可以告訴我該怎麼做，或者該做些什麼——講白些，此刻我最需要的就是有個人假裝什麼都懂、什麼都明白都知道，然後陪我說說話，回答那些好像自己也歷經過的答案。

人都是這樣的，需要藉由他人的答案來壯膽。

「妳想跟誰就跟誰吧。」李佟恩聳聳肩，似乎覺得這問題一點也不困難。

也是，對他來說，何其輕鬆？

對我而言，又是何其困難？

「兩邊都是我最親也最愛的家人，怎麼可能說跟誰就跟誰？」

「那麼妳跟爸爸吧，至少以後的日子不會過得那麼苦。」他想了想後說。

「可是媽媽怎麼辦？離婚後她就要一個人生活了嗎？」我皺起眉心，眼眶一熱，鼻尖也忍不住酸澀起來。

「說不定妳媽媽她會回到鄉下和妳外公外婆一起住。」

「那我見她豈不就更難了？我怕我會想她。」

李佟恩挑了挑眉型好看的眉毛，又改口道：「既然如此，跟媽媽一起生活吧。」

「嗯，還是跟媽媽吧。」

忽然我覺得，這似乎就是我想要聽到的回答。

答案早就在心裡面了，只需要有個誰再推我一把。

而李佟恩，就是那個願意朝我伸手的人。

*

「早安，流蘇。」

「嗯，早。」

徐澈的雙腳頓時停在我桌旁。

「怎樣？」我抬頭對上徐澈的眼睛。

他面無表情，淡漠的挑了挑眉，走到我後面的位子坐下。

我聽見他翻找抽屜裡書本的聲音，然後把其中一本抽出來，放在桌上。那本一定是我借給他的數學習作。接著他拉開書包拉鍊，從裡面拿出鉛筆袋，將原子筆筆蓋拔開，在自己的習作上抄寫下我的演算過程及答案。

「裴、流、蘇。」鄧雨莌的氣音吐在我臉上，飄散出火腿蛋餅的味道。「妳的藍筆要暈開了啦。」

她用力抽走我握在手中的藍筆。

國文練習卷上一點突兀的藍色墨水由中心向外擴散，像是朵不規則的水花。

「是在恍神什麼啊？」鄧雨莌將藍筆輕輕放回我的桌上，眼睛卻沒離開過我。

「我沒有恍神。」

她「嗤」了一聲，不以為然的點點頭，意思大概是「隨便妳」。

「妳今天為什麼突然跟徐澈說早安啊？」鄧雨莌以極輕的音量問我。

我愣了下，隨即道：「他跟我說早安，我回他，不是合情合理嗎？」

「是啊，可是妳以前都不會，還一副不想理他的樣子。」鄧雨莌嘟起粉嫩嘴唇。

「我有嗎？」我漫不經心地問，重新提起筆。

餘光掃到她正用力點頭。

於是我將筆放下，身體靠在椅背上，雙手環胸，說：「那就是我沒注意到。可以停止這個沒有意義的話題了嗎？」

「流蘇，妳好兇喔……」

我再也忍不住的翻了記白眼。

心煩氣躁。

這是我唯一能夠用來形容今早心情的詞彙了。

下午第一堂課下課，國文老師吩咐我去油印室替他拿下一次段考範圍的練習試題卷。

由於地球暖化的關係，近年來的天氣總是特別極端，尤其是夏天，比以往還早報到，才剛剛踏入五月初沒有多久，太陽一出來簡直炙熱無比，我覺得自己像是要蒸發一樣。

我瞇起眼睛，經過後花園時，看見熟悉的身影躺在流蘇樹下。

徐澈又翹課了。

從油印室回來時，手上多了不少重量。當我再次經過後花園，徐澈還在那裡。但這回他的身畔坐著一個女孩子，汗水從額尖滑落，凝在睫毛上，我看不清那女孩的臉。

「嗳，國文老師老愛叫妳做事呢。」

話剛落，我手上的重量瞬間少了一大半。

「我可以拿。」我將剩下的卷子安置在左手臂彎處，騰出右手要拿回李佟恩抱在懷中的練習卷。

而他一個輕閃，彷彿要躲避我根本不費他吹灰之力。「不用。」他說。

「這是我們班的東西，不能麻煩你。」我再次伸出手，而他再一次閃過。

「我當然知道這是你們班的東西。」李佟恩率先邁開步伐，而我追了上去。「如果今天是別人，我就會當作沒看到；但今天是妳，我沒辦法假裝沒看見一個女生在大熱天搬這麼重的練習卷。」他笑得溫溫的，輕輕的，柔柔的。

而我卻不自覺的露出慍色。並不能完全算是生氣，比任何情緒都還要多的是害怕。

於是我停下腳步，皺眉道：「我們是朋友。」

其實，我最害怕的，並不是李佟恩喜歡上我。

我比誰都還要明白維持一段感情有多困難，爸爸媽媽當初也是愛得轟轟烈烈，但最後誰也沒有好過，不是嗎？

早知如此，又何必當初？

我害怕的，是走在一起的兩個人，終有一天會分開。

李佟恩也止了步，過了幾秒鐘後，轉過身，說：「我知道。」然後，他的笑容又深了些。

可是那笑容太刺眼，刺眼到我根本無心注視。

刺眼到，我忽略了太多太多，他有多好。

＊

考完化學後，我交了卷，走出教室，到走廊呼吸新空氣。教室太悶了，空氣瀰漫著營養午餐殘留的食物味道。

我趴在欄杆上，種在一樓生態池旁的不知名的大樹樹枝朝我伸來，嫩綠樹葉隨著濕熱微風輕輕擺動。明明看似能夠碰到的距離，我探手，卻什麼也沒觸摸到。

就跟人生一樣。就跟幸福一樣。

忽然身邊多了個人，他的影子斜斜的壓在走廊上。我本能地往旁邊跨了一大步，與對方拉開距離，一道不悅的目光立刻朝我投來——

「裴流蘇，我沒那麼恐怖。」

「我知道。」我有些慌亂的回，「天氣太熱了，靠那麼近我覺得很不舒服。」

徐澈聳聳肩，並不打算戳破我自以為是的謊話。

「妳真是一點都不喜歡熱鬧。」過了許久，他說。

「嗯。」

「跟我一樣。」徐澈深深吸了口氣，然後吐出。「這所學校真的很棒，種了很多植物，空氣都跟著清新起來。」

「嗯。」

我突然想起今天早上，和徐澈一同在流蘇樹下的女孩。我想知道她是誰、為什麼會坐在徐澈旁邊……可是理智告訴我不需要管那麼多。

不關我的事。

「喂，妳有在聽我說話嗎？」

……

「我跟你還沒熟到可以談天說地的地步吧？」對上徐澈的眼睛，我從他淺褐色宛如貓的瞳孔中看見自己的倒映。

鐘聲在這時候敲下，像雨水落在平靜的湖面，原本寧靜的校園剎時人聲嘈雜。

我頭也不回地離開走廊，告訴自己，徐澈的事，不關我的事。

「所以，我就不理他了。」

「裴流蘇，妳這樣會讓人家很尷尬耶。」鄧雨菦大叫。

「第一，我跟他確實不熟，上次說過了，我們之間的關係就像房東和旅客；第二，他講話沒看著對方的眼睛實在很不禮貌；第三——」

「好了好了，停、停，」鄧雨菦受不了的打斷我，「妳對他真有那麼反感啊？」

我聳聳肩。

「那妳幹嘛跟他說早安？」她又問。

「基於禮貌。」

而且，說真的，道個早安真有這麼奇怪嗎？鄧雨菦最近的舉動讓我越來越無法理解了。

「那麼基於禮貌，妳剛才的行為是不是很不給徐澈面子？」鄧雨菦睜圓了眼，拉高音量。

「鄧雨菦，」我不解地皺起眉頭，「如果妳對他真有那麼感興趣那是妳的事，我不想聽妳替他辯駁。」

鄧雨菦的精緻臉蛋上出現細微的變化，「妳幹嘛一直針對我……」

我白眼差點沒翻去美國，「到底是誰針對誰？」

「好嘛，流蘇，別生氣，剛剛想不到什麼話題跟妳聊，才會一直問東問西。」

找不到話題跟我聊？

總覺得哪裡不對勁，但又說不上奇怪的地方為何。於是我聳聳肩，順著她的話接下去：「沒話講不用勉強，我可以寫講義。」

*

鄧雨莐為什麼最近老提起徐澈？

徐澈雖然不會造成學校老師太大的困擾，但也算得上是問題學生了。

像我這樣功課好、備受老師們疼愛的學生，與徐澈頻繁接觸對我而言原本就不是什麼好事。借他抄寫作業是另一回事，我只是提供答案而已。

只是，鄧雨莐近來動不動就提到徐澈、幫他說話、為他設想……

真的很怪。我不知道哪裡怪，但……就是怪。

想到這，我不由得煩悶起來。拉起被子，將自己緊緊蓋住，黑暗瞬間包覆我的視線。

「流蘇，吃飯了！」媽敲了敲房門，聲音從門外傳來。

隔著棉被，媽的聲音聽起來很模糊，像是有人在水中大笑一樣。

「妳媽她啊，聲音最是好聽了，我敢打賭世界上沒人能比得上她。」

曾經，爸是這麼對我說的。然而，我想起了他們吵架、相互咆哮的爭執畫面，過去那些甜言蜜語忽然像是不存在一般，一切都只是我在幻想，都只是我在編造一部美好的童話故事。

全數淹沒。

我並不懷念從前，對於過去堪稱是完整的家庭不會感到一絲絲的留戀。只是，每次當我一個人躲在棉被裡頭，總會想起爸這樣說媽——他這麼稱讚她的。

如果愛情總有一天會變質，會不如以往澄澈透明，隨著時間的奔流開始摻進骯髒的謊言、猜疑、隱瞞、欺騙……

那，友情呢？

我和鄧雨莐的個性原本就不盡相同。她喜歡說話、樂於分享，外向活潑的性格讓她交了不少朋友，算得上學校的風雲人物。而我卻恰好與鄧雨莐相反。我們倆這樣的組合在其他人眼中，叫做「互補」。

——我不知道這形容是褒還是貶。

不過對我來說，她確實很重要。而我相信她也是這麼認為的。

裴流蘇，別想太多。

「裴流蘇，妳吃飯不吃飯啊？」媽再次敲了門板，這次力道比第一次更加用力、大聲。

我起身，下了床，趿上拖鞋，離開房間前順手關了燈。

室內被漆黑籠罩住，宛如再也沒有光。

吃完飯後媽在沙發上睡著了，電視聲音忽大忽小迴盪在客廳，不時傳來綜藝節目主持人浮誇的笑聲。我關掉電視機，媽卻在那刻醒過來。

「幹麼關電視？我正看到精彩的地方。」她探手將遙控器抓來，重新打開它。

「累了就回房間睡。」我只是淡淡拋下這句話，轉身到廚房清洗碗盤。

一面洗，我一面思忖。到底愛情能讓一個人耗上多少青春年華？

離婚之後，我和媽繼續留在這間屋子，爸只收拾了簡單的衣物、刮鬍刀和牙刷便頭也不回地離開了。基本上這個房子裡的東西沒有什麼太大的變動。但有時看著媽整理、打掃家裡，卻明顯比以往吃力許多，所以後來這些家事大多落在我身上，媽只專心教課。

也許是歲月不饒人，在她臉上刻下一刀又一刀的痕跡。

又或許，是因為愛。

因為太愛了，當所愛之人瀟灑離開自己，才會無法適應，才會一夕之間變得憔悴不堪，再平常不過的事情都變得難以執行。

那爸呢？

這三年來，每年生日，他總是會寄包裹給我，打開包裝紙，裝著東西的盒子永遠是鵝黃色的，上頭卻像是刻意似的沒有屬上地址，讓我再想知道他過得如何都無從得知。

當我走出廚房，看見媽又睡著了。電視閃爍不定的顏色像煙火一樣，在她逐漸老黃的臉頰綻放。

好諷刺。

真的，太諷刺了。

*

「媽，我出門了。」

行走在清晨六點半的街上，空氣已瀰漫汽機車排放的廢氣味道，味道濃厚難聞得令人不禁皺起鼻子，呼吸變得小心翼翼。

陽光大把大把灑下金粉，公車站幾乎找不到一處能夠遮蔽太陽的地方，每一角都被金光填滿。

「好久沒在公車站遇到妳了。」一道清爽的嗓音傳來。「要搭便車嗎？」李佟恩笑嘻嘻地拍了拍腳踏車後座。

我沒多加猶豫，跨上腳踏車，將書包背帶緊緊握住。

「準備好了嗎？」他的聲音含著淺淺的笑意。

「嗯。」

腳踏車車輪開始轉動，李佟恩這台腳踏車真的很好，幾乎沒什麼奇怪的噪音。

「這輛腳踏車剛買嗎？」我忍不住問。

「去年生日我舅舅送給我的。怎麼樣，不錯吧？」

「嗯。」

一路上溫熱的風拂過，李佟恩的頭髮隨風飄揚著，偶爾搔到我的臉，我便把頭別開。許是動作有點大，他差點扶不穩車身。

「不要動來動去啦，很危險。」他抱怨。

我沒吭聲，索性將頭撇到另一邊，觀賞人來車往。

快到校門口時，我竟然看到徐澈！

他騎著腳踏車，速度不快，反而有種悠閒自得的感覺，跟我們前往的方向一樣，忽然下一個路口，腳踏車龍頭一偏，徐澈便消失在我視線裡。

他要去哪裡？

我輕輕推了推李佟恩的肩膀，「現在幾點？」

待李佟恩將腳踏車牽進車棚、上了鎖，他才告訴我：「六點五十，還早，沒遲到。」

「怎麼會……」

「什麼？」李佟恩抓了抓頭髮，淺褐色的髮絲在陽光下閃耀著金光。

我抬起頭，正好撞進李佟恩的瞳眸裡。他正似笑非笑的瞅著我瞧。

「從公車站那裡到學校差不多二十分鐘啊。」他說著，拉了拉書包背帶，往學校大門方向走去。

「流蘇，妳今天怎麼沒買早餐？玉米蛋餅呢？我等著搶妳東西吃耶。」

我一驚，差點撞上旁邊的桌子。

鄧雨莐一臉「嚇個屁」的看我，我不敢告訴她今天早上我看見徐澈的事。

「臨時狀況。」我說。

「什麼狀況？」

「在公車站遇到李佟恩，就搭他的腳踏車過來了。」

「喔？哪有這麼好康的，案情絕對不單純。」她吸了一大口奶茶。

後來我就沒理她了，等會早自修要考國文，我趕緊從書包裡取出國文講義認真複習。

早自修響鈴後許久，門外才傳來慢悠悠的聲音——

「流蘇，早安。」

其中一題詞語的註釋被這聲早安輕巧抹去，我的腦袋像是斷了線，一時寫不出答案來。思緒被徐澈慵懶的嗓子剪斷，怎樣也接不回去。

嘆了口氣，真是夠了吧？

*

午睡時間，炎熱的天氣很難讓人入睡，偏偏總務處不肯發放冷氣卡，無論學生怎麼哀號，說是下學期才能發。

我換了好多種姿勢，總找不出哪種才是最舒服的。翻了好久，才勉強沉入夢鄉。

「流蘇，我跟你媽，妳選誰？」

「我選媽。」

爸爸失望的眼神直直穿過我，像把利刃刺穿我的心臟。

「流蘇，記得爸很愛妳。」

「你如果愛我就不會要求我做出選擇了。」

「再叫我一聲爸吧，這大概是最後一次了。」

「再見。」

鐘聲一響，彷彿敲在我耳邊一般，炸碎了夢境裡的所有片段及對話。

幾根頭髮黏在臉頰，我發現自己流了不少汗。於是我起身，腳步輕得宛如貓足踏在地上，儘量不吵醒班上其他同學睡覺。

扭開水龍頭，清澈透明的自來水嘩啦嘩啦流出，我將手心向內拱起，盛接清水清洗臉頰。低下身，臉埋進手心裡，冰涼的感覺洗去頰上熱氣，好舒服。

「要毛巾嗎？」徐澈忽然出現在我身邊。

我把水龍頭關掉，雙手撐在洗手台上，閉著眼睛，任憑水珠滴落。

「不需要。」我冷聲，一字一句說得非常清楚。

「妳好像很討厭我。」

我用手往臉上抹了一把，水珠凝在眼睫毛上，於是我用力眨了幾次眼睛，才轉身面向他。

「我們本來就不熟，上次我說過了。」語畢，我轉身就要走。

「妳就像流蘇花一樣。」徐澈緩緩說，一字一字說得很輕。

我愣在原地，忽然感到無法呼吸，好像氧氣從空氣中一點一點被抽離。

「你們在幹嘛？」鄧雨莐的聲音忽然出現在背後。

我轉過身，亟欲解釋。「不是妳想的那樣，我出來洗臉，然後……」

「流蘇，妳必須是，也將會是。」徐澈倒是無所謂的丟下這句話，雙手枕在後腦杓，懶洋洋的往一旁的樓梯走去。看來又要翹課了。

他要去哪裡？流蘇樹嗎？

還有他剛剛叫我「流蘇」，而不是「裴流蘇」……

「裴流蘇。」鄧雨莐喚。

「怎麼？」

「我在想，妳為什麼要跟我解釋這麼多。」她扯了扯嘴角，臉上的笑容沒有溫度。

我被她莫名其妙的態度惹得有些惱怒，「因為我怕妳誤會我。」但還是冷靜的吐出回應。

「嗯，但是妳以前不會怕人誤會妳。」鄧雨莐的笑容又更深了一些——深不可測。她走進廁所，「砰」的一聲關上門。

我以為鄧雨莐要的是我的解釋。

沒關係，也許明天，也許下一節下課……她就會和我說話了。鄧雨莐不是真的生氣。

望向徐澈消失的樓梯口，我的胸口一緊一放，不舒服的感覺竄滿全身。

後來我才知道，當你開始在乎別人的眼光時，就代表很多事情已經跟以前不一樣了。

那個自以為的平衡、清澈的感情、明白的界線……

早就變了調。

*

星期日中午，陽光從雲隙中投下一塊塊金磚，天氣熱得讓人心緒不寧，地面似是正在燃燒著。

我快步走向公車站，躲到樹蔭底下，讓陰影遮住烈日曝曬。

「看吧，就說要帶防曬乳。」鄧雨莐在自己的手臂上擠出一長條白色乳液，「妳要嗎？」

我搖搖頭，「不用了，那味道好重。」

「很香啊。」她百思不得其解的看了我一眼，繼續塗抹。

學生時代總是要上很多補習班的課，幾乎科科都要補。補習彷彿成了一種安定心靈的藥劑，就算上課經常發呆、睡覺，但只要補了習就好像能夠萬能。

不久，一班公車入站，我瞥了一眼，然後第二眼……最後視線離不開那班車的窗子，一張男孩的臉。

「裴流蘇？流蘇？」鄧雨莐的右手在我眼前上下晃動。

「幹嘛？」

她轉過身背對我，「幫我把防曬乳放回包包裡。」然後將一瓶藍色包裝的罐子遞給我。

我「嘖」了聲，「妳很懶。」

鄧雨莐兩手一攤，「沒辦法啊，長得美就是有資格懶。」

「……歪理。」

「喂！」

「哈哈哈。」

回到家，我把書包隨手扔在書桌旁邊，自己倒在床上，抱著賤兔大娃娃滾來滾去。

第一次看到徐澈搭公車呢，好不習慣呀。

但儘管是假日，他為什麼仍然穿著學校的白襯衫和制服長褲？

如此一來，無論他在哪個角落、人潮洶湧的地方，我都有辦法一眼辨識出他來——太突兀了嘛。

忽然樓下傳來一聲尖叫和碎裂聲音，我沒多想便衝出房間。

媽雙手捂住耳朵，臉埋在膝蓋間，蹲在餐桌旁，瘦弱的身體止不住的顫抖著。

「發生什麼事？」我小跑步上前，將碎片小心翼翼的撿起，就怕一不小心劃傷皮膚。

一直到我清理完這片狼藉，媽依舊沒有吭聲。

「妳先去客廳休息吧，午餐我來準備。」

不是不關心，而是忘了如何去關心一個人。

媽慢動作的將手緩緩放下，然後站起身，拍拍圍裙，接著笑開了臉。

「哎呀，剛才不小心摔碎盤子了。」她轉身進廚房，「吵到妳了吧？抱歉抱歉，下次媽會注意一點。」

我不敢說媽還處在與爸分開的痛苦中，不敢承認她還沒走出傷痛、還沒釋懷。因為那並不是我所樂見的。

哪一個為人子女，願意看著自己的母親受苦？

我看著媽炒著青菜，白色煙霧冉冉升起，像團棉線在空中交互纏繞。

而我的心彷彿被緊緊捆綁住，再強的光亮都無縫可鑽。

＊

「這就是感情放太重的結果。」

我坐在盪鞦韆上前後搖擺，「我不想要她那樣。」

「哪樣？」李佟恩收起手機，挑眉問道。

「她還有一個女兒，怎麼可以就這樣墮落？感情這種事情原本就不該勉強，若必須放手，那就該好好放下！」我激動起來。

既然已經選擇愛了，那就要做好隨時受傷的準備。

我沒有注意到李佟恩垂下的眸子，他沉默了好一會兒，才答：「放縱自己被悲傷淹沒確實不是件明智的事，但是……」他看著我，而我等著他的下文。

「但是明不明智，妳媽自己也無法思考，畢竟她用情很深。」

「你有講跟沒講不都一樣。」我睨他一眼。

李佟恩不以為然的聳聳肩，「反正妳也高中了啊，是可以照顧自己的年紀了，也該學著照顧妳媽。」

那天晚上，天空是美麗而沉重的藍黑色。星星像鑽石一樣閃耀無比，卻襯托了月亮的孤寂。

這一刻我突然意識到，再怎麼不想長大、不想改變，時間終究是會把你推往更多未知的未來，而你無從躲避。

看著李佟恩微揚的側臉，我忍不住微笑。

有你真好。

Chapter 02

有些事情好像沒有說出口，就不是真的了一樣。

「大家要多學學流蘇，成績好，又不會惹麻煩給老師，哪像班上某些愛惹是生非的同學，只會丟一堆爛攤子給老師收！看看你們考這什麼成績！四個，全班只有四個人及格！」

化學老師把一整疊小考考卷用力摔在講桌上，班上成績平均只有三十二點四分，簡直慘不忍睹。

「流蘇很棒，學學流蘇。」一位男同學露出噁心的表情，語帶諷刺。

「好棒棒。」另一個幫腔，輕輕拍手。

「對啦對啦，班上就只有裴流蘇一個學生啦。」

「學霸是學霸啊，我是學渣欸。」

班上同學開始紛鬧起來，我坐在座位上，注視著八十九分的考卷，很不愉快。差一分就九十分了，若是多選題少錯幾個選項……

鄧雨莯打斷了班上那些冷嘲熱諷和我的思緒。

「流蘇，妳還好嗎？」她轉過來問我。

還好。真的還好。

我早就習慣了，對班上那些酸葡萄心理的人所言，沒有任何感覺。

通常一個班只要出現功課特別好、個性又特別冷漠的人，便會成為茶餘飯後的話題，而那些話題大部分是屬於負面。

所以開學沒多久，鄧雨莐跑來和我聊天時，不得不說，我確實嚇了一跳。

我聳聳肩，表示無所謂，鄧雨莐才猶豫著轉回身。

「我看她根本是作弊吧！每次都考……」

「靠！你們夠了沒有！」

一聲拍桌聲伴隨著徐澈的怒吼，全班瞬間安靜。

「我剛剛開……開玩笑，說說的而已……」方才還故意大聲說給我聽的女同學，氣場馬上降到零，囁嚅著。

「好了，全部都給我安靜！」化學老師用力敲打黑板。

徐澈沒再說話，恢復平時的慵懶模樣。

我下意識轉頭看他，發現桌子底下，徐澈正緊緊握著拳頭，不斷顫抖。

「沒什麼，我不在意。」我用只有我們彼此聽得見的音量對他說。

他瞄了我一眼，倏地站起來，走出教室。

下課後，我在流蘇樹下找到他。

我坐在他旁邊，長一點的草有些刺刺的，皮膚接觸到時有些癢癢的感覺，讓人很想躺在上頭睡一覺……啊啊，徐澈也是因為這樣所已經常來這裡報到嗎？

斑斑金光映在徐澈白晰的臉上，他的睫毛很長、很長，在眼窩處落下一彎黑影。微風輕輕吹起，拂來花香，他的黑髮在風中飄動，像是亟欲飛翔的翅膀。

「你剛才幹嘛火氣這麼大？我都無所謂了。」我的手指輕輕點觸小草的尖端。

沒見過徐澈發這麼大的脾氣。之前他和英文老師吵架都沒有這麼……可怕，應該說，這次是連班上同學都嚇壞了。

徐澈沉默了一會，坐起身來，背脊靠在粗壯的樹幹。「相信我，堅強不是用在這時候。」

「你答非所問了。」我望向他。

徐澈看了我一眼，挑了挑眉毛，「我也想知道我為什麼火氣要這麼大。」

我忽然熱了臉頰，「不好笑。」我冷聲說。

「我沒說我在開玩笑啊。」他聳肩，不以為然。

「流蘇，來乘涼啊？」李佟恩的雙腿忽然停在眼前不遠處。「怎麼不回教室？小心別中暑了。」

我擺擺手，「還可以。」

不久，上課鐘響敲下，我站起身，準備要回教室。李佟恩是高二，教室在志學樓，和我們反方向，於是我們揮手道別。

回頭，徐澈已經躺進一片綠裡去了。

＊

自從徐澈在班上大發雷霆後，大家上課都不敢再多說我什麼，背後閒言閒語倒是更多、更扯。

「居然還有人說妳跟徐澈在一起了。」午餐時間，鄧雨莐笑著說。「怎麼可能啊，妳是冰山、大冰山耶。」她的雙手誇張地在半空畫了一個大圓弧。

我斜睨她，「……妳好像放錯重點了。」

「不過，如果妳跟徐澈能好好相處的話也不錯啊，至少不要讓他再翹課了，萬一畢不了業怎麼辦？」

「是誰前陣子還在跟我為這件事情鬧脾氣的？」我說。

「哎呀，沒辦法啊，剛睡醒嘛。」鄧雨莐吐吐舌頭，眼神不自然的飄向窗外。

手機忽然在口袋裡震動，發出令煩躁的摩擦聲音。

我掏出手機，螢幕顯示是媽媽。

「怎麼了？」我接起電話。

「妳是王清禾的女兒吧？」電話另一頭，傳來粗啞的男嗓，「我告訴妳，妳媽現在在我這邊，我待會把地址傳給妳，馬上帶著三百萬過來我這贖回妳媽，晚一天，就多加一百萬！」

我的背脊瞬間涼了一片，不安的感覺竄滿全身，我止不住地顫抖。

會不會是詐騙集團？

我媽現在應該在家，對吧？

剛才那位大叔一定是騙人的……

「叫我媽聽電話，證明妳們沒有騙我。」我壓著嗓，努力保持冷靜。

大叔「哼」了聲，像是在冷笑。

笑我無知，笑我笨，笑我的無能為力。

「流、流蘇……」一個虛弱的女人聲音灌入耳裡。

聽見她的聲音，我的心臟簡直要跳出左胸，拿著手機的右手大力地顫抖著。

「媽！」真的是媽！「妳撐著點，我現在就過去救妳……」我語帶哭腔，只差沒真的哭出來。

原來當一個人的恐懼到達極限，眼淚是流不下來的。

「妳不——」

「妳媽只有十根手指頭，若想看到完整的人，就不要給我拖！」大叔搶走電話，說完便掛上。

手機從手中滑落，我全身發冷，不知道該怎麼辦才好。

「喂，妳幹嘛啊？」

接下來鄧雨菸說什麼我都聽不進去了，耳邊開始嗡嗡作響，腦袋也一片混亂。

……我要去哪裡湊錢？

如果報警了，他們會把媽怎麼了？

想到這裡，我抓起手機，拔腿就往校門口衝。

警衛看見我往校門外衝，馬上將我攔下，我支支吾吾，緊張到說不出話來。忽然右肩覆上一掌溫熱，我的腦袋像是重新運轉似的，終於能夠正常言語。

但當我正要開口說話，鄧雨莐的聲音從遙遠的地方傳來：「裴、流、蘇！妳、發、神、麼、神、經、啊！」

「快跑！」

徐澈趁警衛不注意、朝鄧雨莐的方向看去時，攫住我的手腕，帶著我往公車站牌的地方奔。

幾個教官也追了出來，哨聲在背後此起彼落響起。可惜中年人終究敵不過年輕人的體力，被我們遠遠甩在後頭。

我不能停，絕對不能停。

一班公車駛來，我們想也沒多想便奔了上去。

「所、所以，發生什麼事了？」徐澈大口大口喘著粗氣。

你不知道我要去哪裡卻還是拉著我一起跑出來？

差點就要問出口。

「我媽……」我緊咬嘴唇，害怕得不知如何啟齒。

而他還在等我的下文。

「沒事。」我別過眼，看向窗外。

有的時候，有些事情好像沒有說出口，就不是真的了一樣。

「流蘇，看著我。」

卻都只是在自欺欺人而已。

「我媽她……她被綁架了……」過了許久，我緩緩吐出這句話。

原來，不是因為太懼怕而沒哭，而是總是逞強，總是告訴自己任何事都能夠處理得遊刃有餘，然而在緊要關頭時，才發現自己手無寸鐵、無計可施。

徐澈用大拇指抹去我臉頰上的淚水，接著輕輕拍著我的背，安撫我，每一掌都拍出了許多壓抑已久的恐懼。

我們在第二站下車，徐澈估計是認為教官不會追到這裡，我沒心情多問。

我將事情始末簡單扼要地向徐澈說明。他只是靜靜地聽我說完，從頭到尾不發表一句評論。

「有傳地址吧？該不會給妳一張藏寶圖之類的東西？」

真是服了他，這種時候還能開玩笑。

我打開手機簡訊給徐澈看，他雙瞳倒映出螢幕光芒的同時，似乎閃過一絲慌亂，連笑容都凝在嘴邊。

然而我沒多注意，可能是情緒牽連到感官的問題，才會對徐澈的表情、舉動都特別敏感。

我抬手看了看錶，我們坐在這裡不過過了五分鐘，對我而言，時間卻像是走了一世紀那麼長、那麼久。好像只要我稍稍停步，媽媽就會從我眼前消失。

「準備好了嗎？」徐澈的聲音在我頭頂響起。不知何時，他已經站起來，好整以暇地看著我。

從前我很排斥這樣的他，然而現在的他卻給了我信心。

徐澈慵懶的嗓音安撫了我不斷翻攪的情緒。

我點點頭，「嗯。」

媽，不要怕。

我已經到了，那個要好好照顧妳、保護妳的年紀了。

*

那是一個外觀上很破舊的老房子。

淺綠和紅色相互拼湊著的鐵皮遮擋了滿是壁癌的牆壁，微弱的路燈似乎不夠照亮整條巷子，只是意思意思的映出門口歪斜不整的一扇門。

我原本要用Google Map帶路，但地圖上根本找不到所在地，說是地址，完全是在唬人。徐澈說只好碰碰運氣，拉著我在人煙稀少的路上悠晃了十幾分鐘，沒想就真的被我們給找到，而那已經是晚上十點半的事了。

站在門口，我盯著門縫微黃的燈光，從裡頭飄散出來的煙味和藥味使我軟了雙腿。

我好害怕。

可是，我不能害怕。

「面對難關，我們除了面對，別無他法。」徐澈說。

他捏了捏我的手心，帶著我推門而入。

前腳才剛踏進去，一群人便把我們壓制住，動作一點也不留情。我下意識反抗，一個力道不輕的飛踢立刻把我整個人踹到摔在地上。

我的下巴叩到地板的剎那咬到嘴唇，鮮血的腥味盈滿整個口腔，眼淚迸出眼角。

「我媽她……她在哪裡？」我咬牙。

「錢呢？」一雙腿停在眼前。

我認得這聲音，電話就是他打來的，不會錯。

「我說你們，是缺錢還是缺關愛啊？」徐澈懶散的開口，所有人齊刷刷的往他的方向看。

一口深黃的膿痰落在距離我臉頰不到三公分的距離，我反射性的憋住氣，大叔開始朝徐澈步去。

這個空間並不算大，大概是我家客廳的三分之二。我和徐澈分別被壓制在兩邊角落，此刻我好想看著他的臉，看著他那輕鬆的表情，但我的臉卻被強制轉向斑駁牆壁。

室內的煙味及藥味濃烈地讓我快要窒息，我咳了幾聲，大聲問道：「我媽在哪裡？」

可惜沒人理我。

我一急，甚至開始尖叫，並且使力掙扎。

「閉嘴！」一個粗魯的男人吼我。

閉嘴什麼啊！你難道不知道你把我的雙手壓在背後的力道有多大嗎！

「你……怎麼……」大叔的聲音聽起來很驚訝，很不可思議。

我分神猜測徐澈對他做了什麼——也許徐澈攻擊了他，又或者他手上有著大叔的把柄，然後威脅他……

我胡思亂想著，忽然金屬碰撞地面的清脆聲響打亂我所有思緒，我知道接下來要發生什麼事、我都知道，卻怎樣都無法逃脫。

——我的後腦杓被重重打擊，眼前驀地一片黑，接著便失去意識。

＊

一陣清爽的味道爬入鼻腔，我反射性的皺皺鼻子。刺眼白光揭開眼簾，我瞇起眼睛，熟悉著明亮的視野。

我媽呢？

我倏地彈跳起來，發現自己躺在一張柔軟的沙發上，前方的電視機播報著今早天氣，接著記者帶領電視機前的觀眾來到一處百花齊放的地方，鼓勵大家在好天氣多多外出走走。

一道白色身影竄入我的視線，我有點搞不太清楚這是什麼狀況。

「我媽……」我欲言又止。

這很不像我。

徐澈將盛滿烏龍麵的碗放在我眼前，與桌子接觸的瞬間發出清脆聲響。

「在我媽房間。」徐澈淡淡的回。「我爸媽最近都不在家，你們可以暫時住在我家沒關係，晚點回去打包一些簡單衣物。」然後轉身進廚房。

「不用麻煩了……」我吶吶開口。

徐澈似乎是沒聽見，又盛了一碗烏龍麵出來，動作自然地坐在地上，俐落的用筷子夾起，吹了吹冒煙的白色麵條，送入口中。

望著他一個動作一個動作、不停重複著，面無表情像是這碗麵一點味道也沒有，或者對他而言，這就只是一碗麵而已。

我不敢再多說什麼，跟著一起吃麵。

吃完香噴噴的烏龍麵後，我自告奮勇去洗碗。徐澈不置可否，聳聳肩，隨我去了。

我一直很糾結為什麼我們會平安出來，而且與那位一點兒都不友善的大叔面對面交戰，徐澈身上怎麼沒有傷？

難道……他真的會打架？

而且是超級會打架！

洗完碗，我走出廚房，徐澈慵懶的躺進沙發裡頭，眼睛輕輕閉起。他睡著的時候不像什麼天使，模樣倒是只能用「無聊」一詞來形容。

「站著幹麼？」他忽然開口。

我嚇了好大一跳，隨即整理好情緒，「……你該不會真的有帶那筆錢吧？」

徐澈挑起一邊眉毛，還真好看。

然後他搖了搖頭。

也是，那時候我們慌亂地從學校奔出，身上除了手機什麼也沒有，他總不可能隨身把存摺塞在口袋裡頭吧？

「那我們怎麼逃出來的？」我又問。

「就出來了。」

我特別無言，要他別鬧。

「妳不去房間看看妳媽媽？」他轉移話題。

我是覺得……你應該把她安置得很好，不如現在就讓她好好休息吧。

這句話我沒有說出口，因為我被自己對他的信任震驚到。

「喂。」我喚他。

「妳很麻煩……」他輕輕捏了捏眉心，一臉「妳又怎麼了」，彷彿是個大人，有千多萬重的煩心事壓迫他。

「你以後，不要再遲到，也不要翹課了。」

「什麼？」

我學他聳肩，擺出無所謂的態度。

徐澈低著頭皺眉，像是在思考什麼似的。

「我爸媽大約下下星期回來，你們在那之前都先暫住我家，以防萬一他又對妳們做什麼。」徐澈輕輕嘆了口氣，「那男人絕不會善罷甘休的。」

丟下這句話，徐澈不急不徐的走進應該是他的房間裡，關上門。

*

我和徐澈一同闖出校園的事情在學校裡迅速傳開。

「我就覺得怪怪的，原來是這樣……」

「難怪之前徐澈對我們大發脾氣。」

「近朱者赤，近墨者黑，我們來看是學霸會變學渣，還是學渣變學霸。」

「校排第一名、全校吊車尾……這下大家都有好戲看了！」

由於早自修還沒開始，同學們聚在一起討論我跟徐澈，就連鄧雨莯也不例外，我才剛踏入班上，就向她好奇炙熱的目光投降了。

「我們什麼都沒有。」我斬釘截鐵的說。

「我什麼都還沒問耶。」鄧雨莯噘嘴，「為什麼要翹課呀？妳那天真是嚇死我了。」

「就發生一些事。」我簡短的回，而鄧雨莯似乎對這個答案不滿意。

由於不希望把事情鬧大，我和徐澈說好，對外人絕對隻字不提。而面對老師，我則扯了個簡單的謊——詐騙集團打電話說我媽被綁架了，我很緊張，想快點回家確認，後來才知道是假的。老師和教官還真的相信，但仍然讓我們各吃上一支警告，並千叮嚀萬囑咐，以後若是遇到類似情況務必向師長求助，或是撥打165反詐騙專線確認。

第一次被記警告的感覺還真新奇，有種興奮又沮喪的感覺，倒是徐澈一點也不在乎，也是，這對他來說大概是家常便飯。

忽然全班原本嘈雜的聲音安靜下來，我順著他們驚訝的眼光往前門望去。

「早安，流蘇。」

我納悶地抬眼看向黑板上掛著的時鐘，現在才……才七點十五分！

——徐澈居然沒有遲到！

我難掩欣喜的轉過頭看已經走到座位上的徐澈，隨即撞上一個冰涼物體。

「豬排蛋餅，中杯冰奶茶。」他說話的語氣像是在問我「吃飽沒」。

我揉揉鼻子，接過早餐，「我以為你要睡到很晚。」所以就自己出門了。

他扯扯唇角，一坐上位子，就趴下來睡覺。

其實我平時都吃玉米蛋餅的，但不知道為什麼，即使今天換了口味，今天的早餐仍然特別香，特別好吃。

放學後，我在校門口遇到李佟恩。他見到我的表情很是訝異，接著朝我奔來，雙手按在我肩上，關心的眼神表露無遺。

「發生什麼事了，對不對？」

我斂下眸子，點了點頭。

想起那晚的事，我仍然心有餘悸，偶爾晚上睡覺時甚至會夢見自己鮮血淋漓的樣子，即便我毫髮無傷，即便我安然無恙。也許這就是所謂的心靈創傷吧。

「要談談嗎？」李佟恩替我將頭髮勾至耳後。

我們來到學校附近的冰店，李佟恩熟悉的向店員點完冰品後，走回位子上瞅著我瞧。

他忽然笑開了臉，「沒事就好。」

「什麼？」

「我說，看妳還能跟平常一樣和我對話，那就好。」他的眉眼之間柔和許多，並多了些許笑意。

「我那天一聽說妳逃課，就知道一定是發生甚麼事了，但打了好幾通電話給妳妳都沒接。」

我抿了抿唇，「來不及接。」

「嗯，總之看到妳沒事就好。」

不久，店員送上冰品。

「這是什麼？」我問。

「紅豆牛奶冰。」李佟恩答得很順口。

我露出笑容，挖了一大口送進嘴裡。

記得以前，我們來到冰店吃冰，不管那間冰店的招牌是什麼，我們都會點紅豆牛奶冰，如此簡單平凡，就跟李佟恩的存在一樣。

吃完冰後，我們走出冰店，看見徐澈一隻腳撐在地面上，另一隻踩在腳踏車踏板上面，他低頭滑著手機，見我出來，才將手機螢幕關掉，收進口袋。

李佟恩不解的看了看徐澈，又看了看我。我知道他想問什麼，但我並不打算把這件事情告訴任何人，依照李佟恩的個性，他肯定會報警，但我從徐澈口中卻能夠感受到那些黑道有多可怕……

原來並不是所有正義都能被實現。

我離開李佟恩身邊，坐上徐澈腳踏車後座，對李佟恩道聲再見後，輪子開始轉動。

「你為什麼知道我在這裡？」我戳了下徐澈的肩膀。

他沒回答我，繼續專心騎車。相較之下，顯得我話很多。

於是我不悅的閉上嘴巴，轉轉眼珠子，意外瞥見鄧雨莐和其他班的朋友正準備過馬路。

「停、停車！」我心一急，大力拍著徐澈的臂膀。

隱約聽見他「嘖」了聲，動作輕巧熟悉的轉了個彎，駛進一條巷子裡去。

「咦……這裡……」

我好像在那裡看過？

啊！

「你是不是早上其實很早就到學校了，但都往這條巷子裡騎？」奇怪了，這裡到底有什麼，讓徐澈可以鬼混這麼久？

徐澈保持沉默，腳踏車繼續前行，不久後，一片廣闊的嫩綠色景象迎接我們，像是要把我們納入畫裡。

——這裡簡直美得像幅畫！

我興奮地跳下車，衝向草地，卻在準備從水泥路面離開、踏入草地時，驀的停住，不敢繼續往前。

肩上傳來溫暖的重量，徐澈搭著我的肩膀，用溫柔，卻不容許拒絕的力道，鼓勵我前進，給我力量。

「面對新的事物，都會感到惶惶不安。」徐澈說著，聲音裡揉進淺淺的睡意。「但我們不可能永遠停滯不前。」

他脫掉鞋子和襪子，光著腳丫踩上青草。我有些猶豫，卻還是跟著照做。這裡的草和學校後花園的草不太一樣。和學校後花園的草比起來，這裡的小草又更纖細多、柔軟多了，踩上去還會覺得腳底癢癢的，引人發笑。夕暉的顏色非常柔和，是暖橘色。雲朵成絲成縷綻開，像是被撕開的棉花糖，連此刻的夕陽都有甜甜的味道。

一陣暖風刮過，吹亂徐澈的頭髮。他的頭髮沒有染過，是很自然、很天然的墨黑色，在風中交纏，宛如打翻了的墨汁，在我眼底無限蔓延。

「為什麼？」我不自覺開口。

為什麼每天上學遲到，就是為了來一趟這裡？

「這裡讓我很平靜。」他回答。

我正詫異他居然知道我要問什麼時，耳邊已經傳來他均勻的呼吸聲。

他的胸膛微微汗濕，白色制服的第一、二顆鈕扣解開，胸膛平穩的起伏，看起來睡得很舒服。

看著徐澈熟睡的側臉，我想起剛開學時，我對他的印象一直不那麼好。雖然會借他功課抄寫應付老師，但我想，我當時的想法大抵就是無形的嘲笑他的無能吧——笑他無法自己完成作業、笑他考試成績總是沒有及格，笑他必須靠著我，才不至於跌入谷底。

我排斥他，厭惡他的學習態度，遲到、翹課……卻忘了即便是這樣，徐澈依舊是徐澈，他的行為並不代表他沒有一顆善良、願意向別人伸出援手的心與熱情。

是我錯了。

我望向前方，夕陽像是要融化似的，卡在地平線之間，四周散發出熱亮的光芒。

這就是一個人即將離去時，所留給那些始終注視著他的人模樣嗎？

在那個眼睛離不開過客的心中，對方總是那般閃閃發光。

當初爸離開媽時，媽眼中的爸，應該也是這樣吧？

是吧？

是吧。

「流蘇。」

「幹嘛？」我側頭，對上徐澈迷濛的雙眸，此時的他特別柔軟。

「所有雨過天晴後，我們再一起來看夕陽。」

我困惑地眨眨眼，「我們？」

「對，我們。」

他柔柔的望著我，而我的世界，彷彿在這一瞬間，有了光亮。

*

「早安啊，流蘇。」徐澈走出房間，懶洋洋的聲音流入耳中。

這種感覺很奇怪，我第一次不是在教室聽見他跟我說早安。

「早、早安。」所以我慌了一下。

徐澈沒注意到我異常的反應，走到玄關前轉頭問我：「妳要自己買早餐，還是我幫妳買？」

我看了看牆上的時鐘，「你等我一下，我跟你一起出門。」

現在時間還很早，從徐澈家騎腳踏車到學校不用二十分鐘，應該還來得及做早餐。

不知道為什麼，我想讓他吃我做的早餐。

培根和豬排在平底鍋煎得滋滋作響，飄出鹹香的味道。我從冰箱裡取出生菜、大番茄、洋蔥和小黃瓜，分別放在砧板上切片、切絲。

吐司烤好後，所有內餡夾入其中，最後放上起司片，再把特製三明治放入透明塑膠袋裡頭，我便匆匆出了廚房。

「有留妳媽那一份嗎？」徐澈問。

我點點頭，「放在餐桌上了，還寫了張字條。」就怕媽沒看見。

徐澈進了腳踏車棚停放腳踏車，而我則直接往教室的方向走。

「流蘇。」

我回頭，看見李佟恩牽著腳踏車走向我，忽然背脊感到一陣冰涼往頭頂上竄。徐澈在這時候與我擦肩而過，我發自內心感謝他沒有駐足在我旁邊等我一起走。

「今天在公車站牌沒看到妳，沒想到妳搭了更早的班次啊。」他笑著說，似乎沒有注意到徐澈方才走過，亮白的牙齒整齊映在陽光下。

正想著要怎麼解釋、要怎麼告訴他其實我住在徐澈家，因為我原本的家暫時不能回去……或者，該怎麼看著李佟恩的眼睛佯裝自然地扯出一個謊時，他就替我找了台階下了。

我笑著揮揮手，走進學校大門。

忽然覺得心情很好。

雨過天晴，不遠了，對吧？

一進教室，徐澈已經趴在桌上呼呼大睡了。全班好幾雙注視我的眼睛沒離開過，大概是想我接下來會有什麼舉動吧。

我扯了扯唇角，拉開椅子的時候故意撞了一下徐澈的桌子，這麼一撞他自然是被吵醒了，若沒醒也是算他厲害。

他揉揉眼睛，明明睡沒幾分鐘，眼簾間卻依舊流露幾分睡意。

徐澈睡眼惺忪的望我一眼，問：「我的早餐？」

我心中悄然一驚，他居然知道我要做什麼。「嗯。」我清了清喉嚨，掩飾不自在。

香噴噴的培根豬排特製三明治剛從餐袋取出，瞬間香味四溢。就連平時表情沒什麼變化的徐澈也微微露出詫異的神情。

「這就是妳剛剛做的？」他問。

「嗯，培根豬排起司三明治。」

他咬了一口，先是滿意的點了點頭，隨後皺起眉心，問道：「名字太長了，還有，為什麼沒有蛋？」

噴，說到這個就有氣，自從住進他家，我已經四天沒吃到雞蛋了。

想到這裡難免有些怒火，口氣自然是好不起來。「怪誰？你家冰箱沒雞蛋，怪我嗎？」甚至因此拉高音量。

徐澈怔愣住，隨即哈哈大笑。

聲音好好聽……

「咦？裴流蘇，這就怪了，妳怎麼知道徐澈家裡沒雞蛋？」一位男同學捕捉到我們談話中的幾個字句，笑嘻嘻地問，明顯是在起鬨。

我翻了一記白眼，抓抓耳後的頭髮，讓它們遮住我燒紅的臉頰。

「早自修開始了，吵什麼吵？」巡視班級的教官忽然出現在教室門口。

我怒瞪徐澈一眼，不情願地轉回身去。

該死的。

「今天妳朋友請假嗎？」徐澈身體向前傾，嘴唇附在我耳邊問。

我拉開了些距離，雖然知道他不是故意的。「嗯。」大概是指鄧雨莯吧。

今天早上，我和徐澈在等紅綠燈時，鄧雨莯傳了訊息給我，說她生病不舒服，要請假在家休息。

「放學要去看看她嗎？」

我聳肩，「可以啊。」我馬上傳了訊息，要鄧雨莯傳地址給我。

英文作業簿一本一本批改，班上一共有四十三個人，一節十五分鐘的下課根本不夠用。我甩甩手，改到手都酸了。

「幹嘛不直接全部打勾就好？」徐澈今天問題特別多。

我瞠大眼，捏了他腰際一把，「怎麼可以這麼做！」對認真寫作業的同學一點也不公平！

他眉毛挑地高高的，「不然剩下的我幫妳改。」

在他伸手拿走剩下三分之二的作業簿前，我眼明手快的壓住堆疊起的本子，並用銳利的眼神警告他。

徐澈愣了下，會意過來，「我不會全部打勾啦。」

「流蘇，妳在忙嗎？」李佟恩出現在窗口。

……難道我看起來很閒嗎？

「還好。」但我還是這麼回了。

走出教室前，我千叮嚀、萬囑咐，外加眼神警告徐澈不准碰那些作業簿。徐澈不知道是有聽進去，還是把我的話當耳邊風，眼神平靜如水，少了剛才跟我打哈哈的調皮，恢復平時慵懶模樣。

我雙肘抵在欄杆上，等待李佟恩開口。但他卻遲遲沒有說話，時間一長，讓我誤以為其實是我有事找他出來的。

太陽把李佟恩修長的影子拉地老長，斜斜壓在走廊上。不知為何，我心中忽地湧起一股難以言喻的複雜情緒，覺得眼前原本閃閃發光的人，變得無比孤寂。

「李佟恩，你要說什……」

「流蘇，」他打斷我，「今天放學我們再一起去吃冰吧，真的好熱喔。」

「可是我今天跟人有約了……」我吶吶開口，一字一句說得小心翼翼。

緊抿著唇，指甲深深掐進手心裡。

他的笑臉有多僵硬，我的心就有多痛。

「不要這樣，我沒看過妳這樣在乎別人怎麼想的，都不像妳了。」李佟恩唇邊的笑容又多了些。

「沒事的，既然妳已經安排了別的事情，那就去忙吧。」

李佟恩正要離開，我下意識拉住他。

「我……我……」

他深深望了我一眼，然後笑說：「沒關係。」接著揮揮手，寬闊的身影隨著距離越來越小，漸漸縮成一個小黑點。

我想說，對不起。

對不起，那些我無法對你訴說的事，總有一天你會明白我心情的，但現在我絕不能讓你捲入這樣危險的處境中。

然而，看著李佟恩明顯失落的雙眼，我彷彿失去語言能力，字句卡在喉嚨間難受不已。

*

鄧雨莐的家是一棟獨棟別墅，從大門進去，映入眼底的是一座中型花園，花的種類不多，清一色都是紫色系的迷你花朵。我和徐澈踩在石磚上，沿著步道走到家門前，捺下電鈴。

一位大嬸開了門讓我們進去，還在地上替我們擺放乾淨的室內拖鞋，並指示我們將自己的鞋子放在最後一排的鞋櫃底層，與其他乾淨鞋子區分開來。

「雨莯的房間在二樓左轉。」大嬸說完，便離開了。

客廳上方有一盞又大又漂亮的水晶燈，天花板周圍燈光輕輕亮起，映在水晶燈上的吊飾折射出美麗光芒，宛如繁星點點。

我走在前頭，隨著旋轉樓梯走上二樓，又是一個空間不小的中型客廳，該有的都有，電視、茶几、沙發、電話、櫥窗、擺飾品……

「你們來啦。」

我回頭，看見鄧雨莯站在房門外。「嗯，身體還好嗎？」我簡單的問。

「睡了一整天，精神好多了，吃了退燒藥也就退燒。」她瞥了一眼躺進沙發上睡覺的徐澈，垂下眸子，又說：「你們最近怪怪的。」

我並沒多想，嘆口氣道：「別把我扯進去。」

徐澈也真是的，明明是他提議要來探望鄧雨莯，人來了又在睡覺，一副事不關己的樣子。

離開鄧雨莯家，已經七點半了。

徐澈騎腳踏車的速度比平時快了一些，凌亂的頭髮在空中飛舞，像猖狂的少年，趕著夜路回家。

坐在後座的時候，我的視線裡滿滿都是徐澈寬闊的背。突然好想抱緊眼前的這個人，卻又被自己的想法嚇了好大一跳。

別人說夜深人靜時總讓人心亂，還是真的，難怪李白會水中撈月，說不定根本不是喝醉酒惹的禍，而是夜色茫茫，當一切都安靜下來、都沉澱下來時，心神也迷茫了。

我收回手，改抓住徐澈的衣角，他像是發現什麼似的側頭分神看我，然後又繼續賣力踩著踏板。

一到家，便看見媽蹲在沙發旁邊低聲啜泣。

我還愣在原地的同時，徐澈已經先上前安撫媽了。

「發生時麼事情了？」我慢了一拍跟上去。

徐澈睨我一眼，示意我現在不是問這種問題的時候，接著輕輕抓著我媽手臂，柔聲問：「阿姨，妳要不要回房間休息一下？」

媽面無表情，停止哭泣。她抬頭看著我，慢慢吐出不清楚的語句：「妳……爸爸他、他說要……」

「什麼？」我靠近媽一些，想要聽得更清楚。

但她仍然重複剛才的話，說到一半便沒再繼續說下去。幾次下來，我和徐澈都沒有聽懂媽到底要表達什麼。

那就像一個過不去的坎，好像一說出口，世界會在眼前立刻崩塌。

「妳爸爸說要跟我離婚……」過了半晌，媽面無表情的說，眼淚再次從她眼角滑下。

我僵在原地，一時半刻說不出話來。

爸跟媽離婚是好久以前的事情了，仔細算算，中間也過了兩年多。

我知道媽會逞強，如同上次她摔破盤子，縮成一團哭泣，轉眼又看著我對我說說笑笑，好像什麼都沒發生過一樣。

過了這麼久，原來媽一直沒有走出來。兩年了，而這兩年沒有爸的陪伴，但爸的影子卻一直在媽心裡，揮之不去。

胸口一緊，我覺得自己好沒用。

我從來沒有用心去了解過媽，也從沒好好擁抱過她的傷口，甚至在她最脆弱的時候，跟李佟恩抱怨媽的懦弱。

而眼前的男孩已經伸手擁抱住她。

「阿姨，妳不用勉強自己，每個人都有承認痛苦的權力。」

語落，媽哭得更用力、更大聲了。過去壓抑著的這些悲傷，今天一次全數發洩，宛如流不盡的淚水，找不到攔截處，就這樣哭了整整一個小時，最後哭到睡著。

我不知道這樣是好還是不好，萬一她在夢中又忽然驚醒了呢？

「那就換妳擁抱她。」徐澈淡淡的說。

他肩頸處的衣料濕了一大片，走進房間拿了一條毯子蓋在媽身上。

「難得睡著了，就別驚動她。」

難得？

看出我的疑惑，徐澈補充道：「其實妳媽每天晚上都會在房間哭。」

徐澈家裡的隔音設備原本就不好，而他的房間又在媽目前睡的房間隔壁，加上夜深人靜，只要媽一有什麼動靜，自然是聽得見。

我張嘴，想要說些什麼，卻又什麼都說不出口。

「之前我怕影響妳的心情，所以沒告訴妳，」他看了媽一眼，「但我現在覺得妳必須知道。」

我點點頭，不自覺濕了眼眶。自責與罪惡感像帶刺的荊棘一樣將我緊緊纏繞起，身體的每一吋肌膚都感到零星的疼痛。

裴流蘇，不要發抖，不要哭，妳沒資格。

我死命憋氣，但淚腺卻發達得出乎意料，儘管我再怎麼克制自己不要顫抖、不要讓眼淚流出來，它們終究是奪眶而出，在臉頰上劃下兩道血淋淋的傷痕。

徐澈緩慢地將我拉入他的懷中，輕輕拍著我的背：「沒事、沒事的，我在。」

而我像是終於找到出口，昔日苦命堆疊起來的心牆瞬間塌陷，碎成片片不堪。

我們都用保護色往自己身上塗上厚厚一層，如果別人沒有真正試著去了解，誰都不會懂得。

然而徐澈卻闖入我的世界，拉了我一把，並且陪著我一起面對。

痛苦，沒關係。

難受，不要緊。

我將臉頰埋進他的肩窩，把它當成一處避風港，嚎啕大哭。

Chapter 03

我的每一次回眸，捕捉到的，都是他用寂寞的身影，注視著我的離去。

兩星期過去，徐澈對於「我們還住在他家」這件事情隻字未提。

有次我假裝不經意提起，和他說我跟媽好像差不多要搬回去住了，不知道那裡現在變得怎麼樣，一定很髒，地板上肯定積了一層厚厚的灰塵。

結果他只淡淡問了句：「這裡不好嗎？」

我連忙搖頭，「不會，住這裡很好，只是……」

「那就好啦。」徐澈打斷我，拿著冰牛奶回房間了。

然後又這樣過了一個禮拜。

最後我終於忍不住，今天下課鐘聲一響，我猛力搖晃他的桌子，把他從睡夢中搖醒。

徐澈不耐煩的按住桌子，抓著我的手腕，微慍道：「我知道妳要問什麼啦。」他的眼神還流露著一絲睡意。

「那你為什麼一再迴避我？」我沒有退縮，反而字句加重的提高音量。

「哇塞！裴流蘇該不會跟徐澈告白了吧？徐澈啊，男人要有男人的果斷，不要連給人家答覆都拖拖拉拉的啊。」經過我們的同學打哈哈，一臉看好戲的樣子。

我忍不住，翻了白眼。現在高中生真的是什麼都想的出來。

徐澈嘆口氣，白皙臉龐蒙上一層淡淡的陰霾。

「我們去別的地方說吧。」

我們坐在流蘇樹下，徐澈動作自然的躺下，雙手枕在腦後，模樣很是清爽。

他面向陽光處，讓陽光撲灑在他臉上。徐澈的皮膚原本就很好，陽光這麼一照，彷彿鍍上一層淺淺的黃金色澤，使他看起來更加燦爛。

「你要說了嗎？」許是天氣燥熱的關係，我的口氣隱約透著莫名的煩躁與不耐。

他睜開眼睛，眨了眨，睫毛在陽光映照下，影子根根分明的印在臉上。宛如一雙蝴蝶的翅膀，輕輕騷動我的心深處。

「你們留下來。」

「為什麼？」

難道他還不懂嗎？我不喜歡麻煩別人。

「我媽跟叔叔目前辭掉氣象局的工作，在加拿大做生意，要很久很久才會回來。」他撇開目光，不願與我對視。

「但是你上次說，兩星期之後他們會回來。」我糾正。

「嗯，那是隨口說說的。」徐澈挑了挑眉毛，順勢挑起我心中的火苗。

「為什麼要說謊？」

因為相信，所以安心；卻也因為相信，必須承受被欺騙的憤怒與難受。

「我說了，因為我希望你們可以留下來。」

終於，徐澈與我的視線接連上，卻像是兩道影子重疊般，只看得見輪廓，望不清裡頭深深淺淺的含義與情感。

然而那句話像是盆沁涼雨水，澆熄我的怒氣。

見我神色放鬆下來，徐澈笑了。

那笑容燦爛明亮，宛如春日裡的一道涼風。

我發現自己真的好喜歡那樣的笑容，舒舒服服，乾淨得毫無一絲雜質。

「喂，你們在幹嘛啊？」鄧雨菈氣喘吁吁，額角泌出細密的汗水。

她明亮的眸子在我和徐澈身上來回打轉，像是在看動物園裡的稀有動物般。

「打架。」徐澈懶洋洋的回。

「打架？」鄧雨菈拉高分貝，發出驚叫：「好端端的你們打什麼架？流蘇，妳沒事吧？有沒有哪裡受傷？需要我陪妳去保健室嗎？」她連珠炮似的問。

我無奈地嘆了口氣，擺擺手，懶得解釋。

倒是徐澈，忽然大笑，爽朗的笑聲一如縝密雨滴落在水窪裡，泛起一圈又圈漣漪。

「你笑什麼笑啦。」鄧雨菈雙頰通紅，宛如紅酒沿著杯壁繞啊繞的暈開。

她伸手往他的臂膀落下重重一記，「啪」的好大一響，徐澈卻笑得更大聲。他從草地上跳起來，朝鄧雨莐扮了鬼臉，轉身往反方向跑去。

鄧雨莐追了上去，還順手扯了一把樹葉往徐澈身上扔，跑著跑著發出銀鈴般清脆笑聲。

一幕一幕，伴隨炙熱的太陽，烙進眼底。

難以察覺的失望與疼痛像烏雲一樣攏在心尖。我努力扯出一抹笑，看著他們繞著流蘇樹奔跑打鬧。

即便，每一吋用力的肌肉，都在告訴我它們有多痛。

*

補習班下課後，我和鄧雨莐沒有馬上去搭公車，而是到附近的便利商店買霜淇淋消消暑氣。自動門一打開，一股舒爽涼意瞬間撲來。

「啊啊，熱死我了、熱死了。」鄧雨莐抓著衣服的領口前後扯動。

我將長髮紮成丸子頭，原本汗濕的脖子一接觸到便利商店裡的冰涼空氣，氣溫反差之大，忍不住縮了縮。

我們坐進牆角邊的座位，舔舐柔軟的香草霜淇淋，舌尖沾上沁涼口感，綿密的抹茶香味在味蕾上恣意綻放，於口腔中瀰漫開來，把全身每一吋肌膚、每一個細胞的熱氣統統帶走。

「流蘇，為什麼妳最近都和徐澈一起上、下學啊？」鄧雨莐含了一大口冰淇淋，抬手壓了壓太陽穴，微微皺起眉頭。

我跟徐澈一同進出學校的事情已經不是什麼新聞了，前陣子在學校裡傳得沸沸揚揚，甚囂塵上，連導師都把我抓去辦公室拷問一番。

「那只是妳看到的時候我們剛好在一塊兒。」於是我這麼說，沒有承認，卻也沒有否認。

徐澈告訴我，目前我跟媽的情況還不完全算是安全的，若是搬回原本的家住，只怕遇到更麻煩的事情，不如留下來，讓他照顧我們，而這也是他始終堅持要我跟媽繼續住下去的原因之一。

原本我想跟他說沒有這個必要，自己的媽媽，我可以自己照顧，就像李佟恩說的，該由我來保護媽了。但是徐澈認真堅定，且不容拒絕的態度，讓我無法推卻，於是這件事情只好先這麼辦了。

老實說，我總覺得有什麼地方怪怪的，例如徐澈跟綁架我媽的壞蛋大叔有什麼關係之類的，不然上回我們三個怎麼可能就這樣毫髮無傷的出來？再說，徐澈有時不經意的幾句話，總給我一種……他似乎很了解對方的感覺，他的自信、他的把握，全成了我心頭的疑問。

後來鄧雨莸沒再追問什麼，她應該知道我有多麼不想觸碰這個話題吧。至少不是現在。

「哎呀，真想住在這裡，免費冷氣吹到爽！」鄧雨莸伸了個大大的懶腰。

「等妳住久了，就會明白什麼叫做想家。」我一句話道出自己內心深處的體悟。

「流蘇……妳真的越來越奇怪……」她試探性的目光投來，「妳是不是真的發生什麼事了？」

聞言，我心虛的踱緊衣擺，用力撐起平時的不苟言笑。「真的沒事。」

奇怪，明明平常在自然不過的舉止，怎麼現在必須耗盡一翻力氣才能辦到？

和鄧雨莸分手後，我一如往常搭上那班通往我家的公車，過了兩站之後才按了下車鈴，而徐澈早就跨坐在腳踏車上等我了。

「我這輩子還真是沒做過這種偷雞摸狗的事情。」我呼出一口氣。

「每件事情都該嘗試。」徐澈聳聳肩，不以為意。

「照你這樣子說，殺人放火吸毒……這些都該去嘗試看看嗎？」我跨上腳踏車後座，抓緊他的衣角。

徐澈「嘖」了聲，「妳明明知道我不是這個意思。」

「不是每件事情都存在『應該』。」我糾正他。「就像我原本不會和你這種老是遲到、翹課，又不寫作業的人交好，但誰知道呢？常常很多立下的原則都會被打破的。」

「妳今天話好多。」徐澈咕噥。

我正要以行動教訓他，他又開口：「還有一點妳錯了。」

我人生中最無法接受的就是別人對我說出「妳錯了」這三字，所以我嚴肅地問徐澈：「哪裡錯了？」

「妳沒有和誰交好的問題。」他笑嘻嘻：「因為妳沒朋友。」

我差點把他踹下車。

耳邊突然傳來好聽的旋律，我仔細一聽，是徐澈在哼歌。

「你在哼什麼歌？」等他停下，我問。

他側頭，下巴一抬，「我才不告訴妳。」

「欸，虧我今天覺得你特別帥氣。」

「嗳，大家都是同學一場，別這麼冷漠，虧我還覺得妳今天特別美麗，彷彿窗外的太陽閃耀無比……」

他明顯一愣，隨即笑道：「哈哈，沒想到妳還記得。」

是呀，我還記得。

不知不覺中，就記住了。

徐澈又開始哼著那首旋律，空氣飄來香甜清爽的的氣息。只是……

「我說你怎麼不斷重複這段啊？這曲子有這麼短嗎？」

「副歌的音太高了，我上不去……」

「哈哈哈哈哈。」感受到徐澈的尷尬，我忍不住笑出來。

忽然臉頰感到一點冰涼，沒有多久，天空飄起毛毛細雨，雨滴落在徐澈純白的制服上，深色水漬油中心向外擴散，制服服貼在他皮膚上，隱約露出膚色，彷彿一朵水花，蔓延至心底一處，輕悄綻放。

我扯扯他的衣袖，「快點，下雨了。」

「下雨騎快才危險。」語畢，他繼續哼歌。

雨勢逐漸轉大，滂沱大雨宛如瀑布一般澆淋在身上，視線愈來愈模糊，眼前霧濛濛一片。

紅燈在霧白中透著濛濛的微光，突如其來一陣大雨，讓我忍不住打了個哆嗦。

「在雨中騎腳踏車，我們這樣感覺好青春喔，哈哈哈。」揉進淺淺慵懶味道的笑聲被雨聲打散。

神經病。

我不自覺被徐澈的歡笑聲感染，彎起嘴角。

媽一見到狼狽的兩人，嚇了一跳。

「快，快去沖個熱水澡，小心別著涼了。」她眼神裡流露出滿滿的擔心。

「妳先吧。」徐澈推了推我，「頭髮都能擰出水來了。」

我擺擺手，一臉不在乎。「我很少感冒。倒是你，騎車擋在我前頭的，還是你先去洗吧。」

「……講得好像我體弱多病似的。」他瞇起眼睛。

媽「噗哧」一笑，「好啦好啦，流蘇，妳就先去吧，徐澈的頭髮可以先用毛巾擦乾。」她的眼睛盛滿溫柔的笑意。

媽笑了。

我好久、好久，沒見過媽這樣笑了。

發自內心、真誠的、溫婉的笑容。

我和徐澈對看一眼，相視而笑。

忽然覺得，沒有比像現在這樣，更讓人感到幸福的事情了。

*

隔天，我和徐澈雙雙感冒。

早上起床，喉嚨既乾又澀，嚥下口水的同時喉間感到一陣脹痛。我到客廳倒了杯白開水，才仰頭，就忍不住打了一個大噴嚏，水杯裡的水噴滿整臉，由於力道太大，鼻梁還撞到杯緣，痛得我擰起眉心。

「咳、咳咳。」我將水杯放下，一隻手拍拍胸口，另一隻手捏著鼻梁。

「還好吧？」徐澈嘴角抽動了下，懶懶的問。

我實在沒力氣跟他鬥嘴，瞧他一臉想笑又不敢笑的模樣，要是平時早就被我碎屍萬段了。

我點點頭，「嗯」了一聲，覺得頭重的像鉛塊。

抹了一把臉，正當我打算進廁所梳洗時，徐澈一口氣打了兩個噴嚏，模樣很是滑稽，我忍不住笑出來。

他抬頭睨我，臉色微微發白。

「你還好嗎？」我止住笑，他好像比我嚴重。

「沒事。」他也倒了杯熱開水喝。

今天我沒力氣做早餐，渾身不舒服，一點胃口也沒有。於是我們比平時早些出門，因為頭實在太痛了，所以我們各吃了一顆止痛藥後，至學校附近的早餐店買。

「還有一點時間，去公園吃吧？」

「可以。」總比待在悶熱的教室來的好。

徐澈慢悠悠的騎著腳踏車，接近校門口時，轉了一個漂亮的彎，駛進巷子。

早晨的空氣很新鮮，比起外頭喧囂嘈雜的大馬路，這裡簡直是人間仙境。

「你知道《桃花源記》嗎？」我問。

徐澈偏頭想了想，「有印象。」

「這裡就跟裡頭的桃花源一樣，讓人不想離開。」我笑了笑，「真的很平靜。」

「嗯。」話剛落，徐澈打了個噴嚏。

「……你要不要去看醫生？」

「不用。」

「那你多喝水。」

「妳好囉唆。」他一邊抱怨，一邊將吃完的早餐垃圾往後一扔，恰巧掉進公園的垃圾桶內。

我既詫異又想笑，太神奇了。而他早已躺在草地上，哼起熟悉的旋律。

我發現，原來能夠讓我心情平靜的，並不是這個地方。

而是眼前的這個人，哼著歌，微揚的側臉宛如雨水般，滋潤了我乾涸的心田。

多麼溫暖。

「咳、咳咳、咳咳咳咳……」我扶著桌子，差點沒把心臟吐出來。

「流蘇，妳還好嗎？怎麼放假回來就這樣了？」鄧雨菮擔心的問。

我重新調整好呼吸，扯開笑容，「沒事的，一下就好了。」

「喔……不要逞強哦，真的很不舒服就請假回家好好休息。」她叮囑完這句，便離開教室。

踏出教室前，餘光掃到她回頭望了我一眼。

上課鐘聲響起，鄧雨菮和徐澈一同步入教室。

心裡總覺得不大對勁，還沒來得及猜想跟拼湊，鄧雨莐便開口了。

「流蘇，徐澈感冒了，好嚴重，我帶他去保健室，讓家人接他去看醫生，妳能幫我們跟老師說一聲嗎？」

家人？

看醫生？

我困惑的望向徐澈，他臉色誇張的蒼白，毫無血色，黑白分明的眼睛飄忽不定，彷彿只要風輕輕一吹，他就會被風吹散。

「等、等一下。」我喚住鄧雨莐，然後把徐澈抓到旁邊問：「誰要來接你？」

他虛弱的瞄我一眼，「妳媽。」

「都什麼時候了你還有心情對我罵髒話……」

「流蘇的媽媽。」徐澈輕輕皺眉，話語宛如煙霧一般沒有重量，幾乎是用盡全身力氣才吐出的。

我恍然大悟，「喔喔……那你回家就好好休息吧。」

徐澈點點頭，隨著鄧雨莐離開教室。

好幾次忍下打電話給徐澈的衝動，我坐在位子上生著悶氣，同時被咳嗽和鼻水「伺候」得渾身不舒暢。

擤完鼻涕，衛生紙像是包了水餃一般軟軟鼓鼓的。

早上我不是就叫他回家休息、去看醫生了嗎？為什麼我叫不動他，鄧雨莐說了就有用？怎麼，她說的話是聖旨嗎？還有，鄧雨莐口中的「我們」，讓我莫名地感到不悅。

上完下午的課，四肢宛如綁了鐵鏈般沉重不已，鄧雨莐沒察覺我的異狀，放學鐘聲一響，她便匆匆忙忙收拾書包趕去自習中心念書了。

也是，快要段考了。

拖著身體走到校門口，平時花不到兩分鐘的路程，今天走起來卻像是沒有盡頭一樣遙遠。

「流蘇！」

我呼出一口氣，眼前竄入一道寬闊身影。

「流蘇，我載妳回家吧，我在腳踏車後座加了軟墊喔，這樣妳坐起來會更舒服。」李佟恩說著就要拉起我的手。

我下意識閃開，忘了自己現在身體虛弱得像一片薄紙，一個重心不穩，往後倒去。

忽然一個力道撐住我的身體，我反射性抓住對方的肩膀維持平衡。

「妳好重。」暖洋洋的聲音在頭頂響起。

「你怎麼在這裡？你不是回家了嗎？」我訝異地看著眼前的男孩，他與灰濛濛的天空融為一體。

「堅強不是用在這種時候。」他的聲音聽起來軟軟的，和早上相比，臉頰也紅潤許多。

「不好意思，我已經先約了流蘇了。」

我和徐澈一同看向李佟恩。

「那麼我也不好意思，我想我比你更早約流蘇。」徐澈對李佟恩露出一個沒有溫度的笑容，接著把我推往腳踏車的方向。「她感冒了，吃冰恐怕不是時候。」

期間我不斷回頭，我以為李佟恩會因此知難而退。

沒想到，我的每一次回眸，捕捉到的，都是他用寂寞的身影，注視著我的離去。

*

媽做的工作是家教，一個星期都會有五、六個小學生來補習。那些小學生補家教的地點從「我們家」轉換到「徐澈家」，大多不習慣，例如沒有玩具可以玩，或者找不到廁所在哪裡。

「哇賽，又不是小狗，要拿著玩具取悅他們才肯乖乖吃飯、到新環境還要先知道廁所在哪裡。」徐澈翻了記白眼。

其實我是很喜歡小孩子的。

小孩子的眼中還充滿希望，對於未來依然保持著美麗的幻想。他們的世界很簡單、很單純，眼裡只看的見快樂，面對陌生的一切事物，天真的孩子們永遠會選擇相信，笑著相信。

「那叫做『無知』。」

「你是有多排斥小孩子啊。」我忍不住斥責。

「妳錯了，我不是排斥，我只是講出事實而已。」徐澈伸出修長的食指在我眼前左右擺了擺。

「那分明就是排斥。」

「隨便妳怎麼想。」他走回房間裡睡覺。

我跟了上去，在他關上房門的時候用手抵住，發出「碰」一聲巨響。

「妳幹嘛？」徐澈嚇了一跳。

「出來。」我把門推開了些。

徐澈滿臉不解的從床邊走過來，邊走邊瞄我，樣子有些可愛。

其實他不知道吧？

他就跟小孩子一樣，總是選擇相信別人，就像他從不問我為什麼。

「念書。」我領著他來到我睡的房間，搬出一疊練習卷和幾本參考書。

「……我不要。」他沉下臉。

我眨眨眼睛，佯裝困惑地說：「我沒要你念呀，只是叫你陪我念書而已。」

徐澈扯扯唇角，替我拿走手上堆疊起來的書本和卷子，逕自走到自己的房間。

「為什麼不去客廳？」嘴上雖是這麼問，我還是在小木頭茶几前坐下。

「很吵。」

徐澈的房間很乾淨，木頭地板、木頭茶几、木頭書桌、木頭椅子……肉眼看得見的東西全是木頭製成的，簡單大方，乾淨俐落。

他把房間燈開到最亮，走出房間後過沒多久，拿著兩杯熱茶回來，一杯放到我面前。

室內充滿茶香，空氣舒服的讓人很想倒頭就睡。

但是看看堆疊成塔的參考書和練習卷，還有試題本，今天若是沒有念完預定的進度，段考成績會很淒慘。

「妳的淒慘是指沒有及格還是零分？」徐澈隨手拿起一本國文講義翻看。

「七、八十分。」

一口茶從他嘴裡吐出來。

「噁，你有病嗎？」

「妳才有病好嗎？」徐澈抽了兩張衛生紙擦拭地板。

時間不知不覺過了三個多鐘頭，大概是被我專心的氣氛影響到，徐澈後來也跟著讀起書來，還向我借了國文講義看，眼神格外認真。

所以說啊，乖乖念書不是很好？可愛多了。

刺耳的手機鈴聲劃破房裡的寧靜，宛如從夢境中迎來現實。

徐澈接起電話，與對方稀鬆平常的閒聊幾句後，笑了幾聲，掛上電話。

「誰啊？」我假裝漫不經心地問他，沒人知道我全身的肌肉緊繃到像是要炸開來。

「鄧雨莐。」他轉著筆，「她問我要不要去圖書館念書，我說不用。」

胸口像是被人重重搗了一拳，搗出莫名的酸楚與疼痛。

我點開手機螢幕，沒有任何人的來電顯示，也沒有未接來電。

這表示什麼？

她約了徐澈，卻把我遺留在後頭。

我望向重新回到書堆裡的徐澈，感到前所未有的恐懼與不安。

那種感覺，就好像喜歡的玩具，要被搶走了一樣。

*

從冰箱內取出一瓶礦泉水，再到櫃檯結帳，接著往對街衝去——本來花不到三分鐘的，但紅燈亮起，方才速度再快也都前功盡棄。

李佟恩站在斑馬線的另一端與我招手，張嘴說了些什麼，卻因為距離太遠沒聽見，只看見他嘴巴一張一闔。我皺眉搖搖頭。

他閉眼笑了，揮揮手，大抵是說沒事。

小綠人在漆黑面板上跑起來，我快步奔向李佟恩。

「你剛才說什麼？」

「我說慢慢來沒關係。」他笑了笑，「看妳很急的樣子。」

胸口一熱，李佟恩總是溫暖的陪在我身邊，從不要求我。

我們肩並肩，像很久以前一樣，陪在彼此身邊，當彼此最堅固的依靠。

「那好像是很久以前的事了。」李佟恩無奈地搖搖頭。

「對不起。」而我卻只能道歉，即便我明白那三個字、短短三個音節，無法補足我們這段時間所留下的空隙。

「不要這樣，這一點都不像妳，裴流蘇是不會輕易道歉的。」李佟恩笑彎了眼。

很輕很輕的拍了拍我的後腦杓。他不知道我這句道歉有多不容易。

我很喜歡他，但不是男女間的那種喜歡，我對他的感情已經超越情愛了。對我來說李佟恩更像家人，他是我回頭就能看見的家，是我忘了帶傘時能夠遮風擋雨的依靠。

再困難、再煎熬、再痛苦的難關，好像只要他在，什麼事情都得心應手，我不必害怕哪裡出了差錯。

李佟恩是那樣的存在。

現在是。

以後以後，也永遠會是。

我們沿著公園外圍的人行道慢跑，耳邊傳來彼此調節順暢的呼吸聲。

太陽隨著我們的步伐為我們開闢黃金道路，一大片樹影在地面上宛如綠色蜘蛛網般隨風晃蕩。

即使相隔一段時間沒有相聚，我們之間的話題卻源源不斷，彷彿沒有盡頭。剎時間我覺得好像回到以前，那個沒有恐懼、不需要心驚膽跳過日子的生活，簡單平庸，但是我跟媽，還有身邊的人，都過得很好、很快樂。

遇到轉彎處，我和李佟恩很有默契的互看一眼，一同彎入。

「啊，好久沒有晨跑了。」點完早餐，李佟恩隨處找了位子坐下。

自從我搬去徐澈家，我和李佟恩每星期固定的晨跑都被我取消了。

不久後，熱騰騰的豬排蛋餅送上桌，我拔開免洗筷子，夾了一塊入口，豬排的鹹味在口中散開，與醬油膏搭配，更是美味。

「流蘇，妳怎麼突然換口味吃了啊？」李佟恩隨口問道。

「什麼？」

「妳以前都吃玉米蛋餅。」他那著筷子指了指我盤裡的食物，「可是妳今天點豬排蛋餅。」

我想起徐澈第一次幫我買的早餐，是豬排蛋餅和冰奶茶。

巧合。

只是巧合。

「就……想說換換口味也不錯。」我順了順頭髮掩飾不自在。

李佟恩點點頭，「也是，聽說同一種食物吃太久也不好，我下次也來換換口味吃好了，妳覺得培根蛋餅怎麼樣？還是火腿？九層塔鮪魚蛋餅好像也不錯……」

他滔滔不絕的說著，接下來他說什麼我都沒仔細聽，只是偶爾在他斷句時應聲「喔」、「嗯」之類的，或是笑兩下。

心頭像是有什麼東西堵住，只要面對李佟恩，濃濃的愧疚感便會湧上，我無法帶著這樣的心情和他談笑風生。

最後大概是自討沒趣，李佟恩也跟著安靜下來。

「李佟恩。」我喚了他，眼裡始終帶著歉意。

李佟恩低頭吃完鐵板麵，等著我繼續說下去。

「我……我想……」

明明已經在心裡反覆演練過的那些要對李佟恩說的話，面對他，卻全都梗在喉嚨，像一口痰卡住一般吐不出來。

「對不起。」

對不起。

我好像只能這麼說了。

「流蘇，」李佟恩輕輕笑起來，「我說過了，妳沒事就好。」

我掙扎著要不要向李佟恩全盤托出，告訴他我和媽現在有危險，告訴他其實我很害怕。

我怕哪天我回到家，媽不見了；我怕也許明天，也許後天，我又接到一通令我措手不及的電話。

我並非沒事啊……

可是，說了又能怎樣？李佟恩只能安慰，但是安慰這種東西任誰都能說出口啊，到頭來卻無濟於事。而且，我不想將李佟恩拖進這樣的危險裡，不想連累他。

我點點頭，「我知道了。」

忽然我想起徐澈，如果他在，也許他會告訴我該怎麼做。

「流蘇。」李佟恩好聽的嗓子把我拉回。

「嗯？」

「妳在哪裡，我就在哪裡。」他嘴角泛起清淺笑意，溫溫的，柔柔的，像團棉花輕輕包裹住心臟。

「李佟恩……」

「相信我，我會一直陪妳的。」

他眼裡蔓延的情感太過明顯，於是我別過眼，不願意看見。

「流蘇。」他又喚我。

而這次我果斷的起身，沉下聲音，「李佟恩，我不想聽。」

感情的事總是這樣的。

如果不狠心、不果斷拒絕妳不需要的東西，對方又怎麼會願意放手？

我明白我的舉動深深傷害了他，也就是因為如此，這樣的我，一點都不值得李佟恩那樣好的人去愛。

旋開門鎖，徐澈懶懶的看我一眼，繼續他的閉目養神。

當我走到廚房倒水喝時，他的聲音悠悠傳來：「我也要一杯。」

我差點沒把玻璃杯往他頭上扔。

接過水杯時，徐澈一臉狐疑，我忍不住罵：「看什麼看？不知道這樣看人很不禮貌嗎？」

他被罵的莫名其妙，「妳心情不好？」

「沒有。」

「妳心情不好也不能這樣遷怒我啊。」

我氣憤的瞪著他，「就說沒有不好了咩。」眼淚卻毫無預警地滾出眼角。

「妳、妳幹嘛啊？」徐澈沒預料到我會哭，慌了手腳。

他怎麼會料到？我自己都沒想過會這樣了啊。

「啊，真煩。沒什麼，我沒事。」我抹掉臉頰上的水痕。才一點點而已。

「流蘇。」徐澈沉下臉，右手大拇指和中指各壓著兩邊太陽穴輕輕揉按，接著又插回腰上，像是試著保持耐心與我對話。

我別過眼沒有看他，深怕看著看著，眼淚會不由自主的再次流下。

徐澈又叫了我的名字。可這次我選擇轉過身背對他。

「我真的受夠了這種躲躲藏藏的日子了。不能告訴最好的姐妹，不能向最親的朋友訴說……每個人每天都在問我怎麼了、是不是發生什麼事情了，我卻什麼都不能講……」

我的聲音在發抖，全身都在用力，忍著不要哭出來，不要向任何人示弱。

屬於徐澈身上的味道越來越靠近，宛如蠶絲般緩緩纏繞，連呼吸都覺得困難至極。

「流蘇，我說我會保護妳們……」徐澈的聲音輕飄飄的，彷彿炊煙一樣，剛剛升起就隨風飄散。

他就站在我後面。

他一直站在我後面。

「但是如果我不要呢？你問過我需不需要了嗎？」我緊緊抿住雙唇，將眼淚鎖在眼眶。

「我說過了，勇敢不是用在這種時候的。」他的語氣飽含著滿滿無奈。

勇敢不是用在這種時候的？那是用在什麼時候？

等我看著我媽滿是淚痕的臉卻無能為力？

接到突如其來的電話束手無策時？

還是眼看著身邊的人一個個遠去，卻什麼事情都做不了的時候？

我是裴流蘇，裴流蘇的人生是不允許被人支配的。

得堅強的時候要咬緊牙根；該勇敢的時候不許掉淚；必須努力的時候絕不輕易放棄。

我有我想要守護的人，也有想要擁抱的生活和幸福。

一滴水珠落在地上，沉重的像是顆石頭，砸裂了地板。

「我啊，後來很仔細、很仔細的想過我的未來。」我揚起笑容，盡全力掩蓋喉間的哽咽。「我要和媽做彼此的依靠，憑著自己的努力打拚、賺錢，繪製屬於我們的幸福藍圖，並且沒有旁人的協助仍舊可以活得很好。」

我低頭抹去眼淚，清了清喉嚨，轉身面向徐澈。

「我已經失去了一個原本完整的家，我不想連自己的媽媽都無法守護。」

我已經不能再失去更多了。

徐澈漆黑的眸子掠過一絲波瀾，短短幾秒鐘讓我幾乎錯以為一場暴風雨即將來臨。

但在暴風雨到來之前，我們都先聽見了金屬物品落在地上的清脆聲響。

我和徐澈互看一眼，衝進房間。

Chapter 04

愛情竟能帶給一個人幸福，也能讓一個人承受莫大的傷害與痛苦。

醫院充斥著消毒水刺鼻的味道，醫護人員忙進忙出，面無表情地彷彿傷患的生死與他們無關——本來就不關他們的事。

徐澈坐在椅子上，雙手交疊抵著下巴，而我在急診外頭來回走動，明明媽才剛剛被推入不久，我卻覺得像是過了三十年。

「請問是王清禾女士的家屬嗎？」

一聽見醫生的聲音從背後傳來，我立刻回身。「是，我是。」

「嗯，傷患的傷口並不深，目前已替她止血，轉入普通病房等待傷患意識恢復。」醫生說話毫無起伏，說完便帶著一名護士離開了。

我還站在原地，驚魂未定。

「流蘇，沒事了。」徐澈的大手覆上我肩頭。

我點點頭。

「我沒想到媽她會……」

會自殺。

當我和徐澈衝進房間時，首先發現掉落在門邊的一罐白色藥罐和散落的藥丸，不遠處的瑞士刀刀鋒沾染腥紅血跡，接著看見媽倒在梳妝台一旁，鮮血從她左手手腕上一道又一道細長刀痕不斷流出。

我嚇得驚慌失措、瘋狂尖叫，還粗魯的搖晃媽的身體，天真的以為她會醒過來。

徐澈一把將我推開，將不知何時從廁所拿出來的毛巾包覆住媽受傷的手腕，用力按壓傷口處，並將她的手輕輕抬高，替她做止血的初步動作，然後吩咐我叫救護車。

那瞬間我覺得自己好沒用，自以為可以好好照顧媽，卻在發生狀況時手忙腳亂，什麼事情都做不好，到頭來又是徐澈替我解決所有問題。

「我也沒想到。」徐澈頓了頓，「看來以後我們不能再吵架了，得一起守護。」

他牽緊我的手，溫暖從他手心源源不斷的傳至我心裡。

而我緊緊回握他，這一刻，他就像是一根浮木般支撐著我這個幾乎溺水的人。

*

那天之後，家裡的氛圍很不一樣。但是是好的不一樣。

一開始我還很不相信，因為上一次媽也是這樣，看起來好像放下重擔了，卻又拿起刀子想要結束生命。我怕這次重蹈覆轍，一個不注意媽又做出什麼傻事來。

但徐澈要我放心，他說媽絕對不會再發生什麼意外了。

「為什麼你可以那麼肯定？」我問。

徐澈握著我的手又用力了些，「天下沒有母親希望自己的孩子受苦的，妳媽一定知道這段時間妳有多自責。」他想了想補充：「她會慢慢好起來的，我們能做的就只有陪伴。」

還有一點，就是我和徐澈的關係產生了微妙的變化。

「現在全校都在瘋傳我們在交往。」徐澈抬起我們十指緊扣的手。

我聳聳肩，「我們知道不是那麼一回事就好。」

徐澈頓了頓，唇邊漾起一抹笑。「也是，流蘇是家人。」

家人。

不知怎麼的，這兩字從他嘴裡說出，讓我特別難受。

「怎麼？」他唇邊笑意沒散，輕淺宛如雨後的水窪。

「沒什麼。」

只是心裡好像有個地方，也不一樣了。

*

段考當天早自修，鄧雨莌遲遲沒有進教室，我接連撥了好幾通電話都沒有接聽，最後轉入語音信箱。

徐澈還在我後方悠閒地吃著早餐，豬排蛋餅的香味不時飄來，擾亂我的思緒。

「該不會睡過頭了吧……」我自言自語道。

「老師來了。」徐澈踢了下我的椅子。

我趕緊將手機收進抽屜裡，若無其事地複習第一堂要小考的科目。

「很會裝。」他在我背後小聲吐槽。

我「嘖」了聲，要他別煩我，反而引起老師注意。

「流蘇，有那裡不會或是看不懂的地方可以來問老師喔。」老師親切的說，惹得我全身雞皮疙瘩。

「老師，可以請問鄧雨莌什麼時候來嗎？」我走到講桌前小聲問。

「喔，雨莌請假，得了流感。」

第一堂國文考完，我到走廊上呼吸新鮮空氣，教室內因為段考開了空調，門窗緊閉，散發出悶悶的味道。

「鄧雨莌真的很容易生病。」我說。

「體弱多病的女孩子呢。」徐澈笑道。

「下一堂考化學，你準備好了？」我岔開話題。

有的時候和徐澈討論鄧雨莌，不知道為什麼，總是覺得哪裡不對勁，但又說不上到底哪裡奇怪。

「妳錯了，」徐澈慵懶的笑聲蕩在空中，「正確來說，下一堂是自習。」

我白他一眼，「隨便。」

「流蘇的表情越來越多了呢。」

「什麼？」

「妳以前面對人都板著一張臉，什麼表情都沒有，像這樣。」徐澈斂下笑容，露出陰森的表情。

我怔愣了下，接著噗哧一笑：「有那麼恐怖嗎？」看起來像是要殺人一樣。

徐澈聳聳肩，「只有鄧雨莯敢靠近妳。」

「……嗯。」這倒是真的。

「高一剛開學在抽座位，我知道自己坐妳後面的時候真的覺得衰爆了，但沒想到妳會願意借我作業抄。」

「嗯。」

「然後後來發生好多事情，」他牽起我的手前後搖擺，「更沒想過我們的關係會變得這麼好。」

我笑了，「是啊。」

成為彼此生活中不可或缺的存在。

「啊，不對，妳以前偶爾會笑，但只對鄧雨莯。」徐澈忽然返回剛才的話題。

又是鄧雨莯。

開口閉口都是鄧雨莯。

我甩開他的手，往女廁的方向走去，其他同學開始起鬨，說什麼「徐澈惹學霸生氣囉」、「小倆口別吵架」……我覺得好煩、好亂。

「她只是鬧鬧脾氣而已啦。」我聽見徐澈這麼說。

徐澈沒有追上來，空著的那隻手沒有被包覆，那瞬間我覺得好失落、好難受……甚至，好想哭。

「流蘇。」李佟恩突然出現在廁所外面。

我趕緊將眼淚全部吞回肚裡去。

「快上課了，你怎麼還跑來這裡。」

「我知道。」他苦笑。「很抱歉上次對妳說那樣的話，我不知道妳這麼在意。」

「沒關係。」

「但是我希望以後妳有什麼事情能夠跟我說。」李佟恩難掩失望的說，眼神飄向倚在欄杆上的徐澈。

我心虛的吸了口氣，嚥了口口水，不敢做聲。

陽光燦燦，描摹出徐澈側臉微揚的輪廓，鍍上一層金光。可是望著眼前綠色植物的他，眼睛卻宛如陰天般下著雨。

那一刻我的眼神竟離不開那樣的畫面，周遭事物彷彿都不存在一樣，只剩下徐澈在陽光下淋著滂沱大雨。

可是時間在走，所有事物不曾停擺。

此時李佟恩正望著我，看著徐澈。

*

「欸，流蘇，我們也去參加個什麼社團吧？」

明和高中的社團選填制度不同於他校，我們的社團課是星期五的第八節，學生自由參加，若沒加入社團的人第七節下課鐘聲一響，就可以放學回家了。

我沒參加社團的原因很簡單，這樣我可以把多餘的時間拿來念書。

至於徐澈沒有選填社團的理由就再清楚不過了，他很懶，認為加入社團是一件麻煩的事情。

所以當我們走出鄧雨莯家，徐澈突然提起參加社團這件事時，讓我不禁懷疑他是否吃錯藥了？但撞進他認真的眼神，才知道他並不是隨口說說的。

「不要。」我搖搖頭，「這樣我少了兩個多小時的念書時間。」

尤其當社團接近成果發表，拉贊、集訓是不會少的，平時練習時間只有兩小時根本就不夠，一定還會占用到其餘時間，例如假日。

「等妳高中畢業回想起這三年來就只剩念書了。」徐澈把被捏扁、隨手仍在地上的寶特瓶往前方踢去。

我聳聳肩，「我無所謂。」先苦後甘，總是得先放棄一些東西才能換取更好的未來。

「可是妳看鄧雨莯那樣熱衷於社團，不覺得挺好的嗎？至少有個目標。」

一股怒氣往心頭竄。那一刻我真的好希望我和鄧雨莯不是好朋友，這樣就不需要忍受從徐澈嘴裡不停聽見她的名字。

接著我被自己這樣的想法嚇了一跳，同時覺得很不應該。鄧雨莯把我當成好朋友，我卻在這種時候埋怨她，實在太卑鄙了。

「我覺得一點都不好。」我停下腳步，「我們現在十六歲，還是學生，學生的本分是什麼？就是好好念書，考個好大學。」

徐澈站在我前方，怔怔的望著我，漆黑的瞳孔下起毛毛細雨。

「有個目標總是好的，不是嗎？」他的嘴角猶掛著一絲苦澀。

「如果設立的目標時間不對，再好都是枉然。」

我邁開步伐走上前，經過徐澈身邊時他拉住了我，手心碰到我皮膚的瞬間，令我全身發燙。

「我跟妳說一個小故事。」

*

那天徐澈要我替他去房間拿樣東西，可我怎樣翻都找不到。

「在主臥房、書桌底下，真的沒有嗎？」他從客廳喊出來。「是一個木製的音樂盒，我記得是放在那裡啊。」

「找不到啊……你知道幹嘛不自己來拿？」我氣惱的回。

客廳開著冷氣，其他房間的門都緊緊關上，一打開門便散發出悶熱難聞的氣味。我蹲在桌旁找了好久都沒看到徐澈說的音樂盒，反而流了一身汗，短袖上衣滲出微微汗水，將胸前那塊布料染深。

徐澈正在收看棒球賽，說什麼也不願離開客廳。原本我想說沒事做，剛考完段考，也沒什麼書要念，就來替他拿音樂盒，但找了半天連他說的包裝盒子都沒見影子。

「有啦。」徐澈的話隔著一扇門，有點含糊不清。「淡藍色的盒子，上面綁著銀灰色亮面緞帶。」

我伸手翻了翻，摸到一只黑色塑膠袋，想也沒想便用力扯下——

鵝黃色的盒子堆疊起來，一共排了三疊，九個盒子，上頭的字跡隨性卻又不失公整的寫著「生日快樂。」

「流蘇，生日快樂，不知道妳這年紀的女孩子都喜歡些什麼，希望禮物妳會喜歡。」

「流蘇，現在的妳升上高中了對吧？妳一定考上很好的學校，對不對？我知道妳從來不讓人擔心的，以後要繼續加油哦。生日快樂，流蘇。」

轟隆。

耳邊嗡嗡作響，整個人將至在原地，動也不動，雙眼直直盯著那些再熟悉不過的禮物盒，心涼了一片。

搞什麼？

怎麼會這樣……

「裴流蘇，妳怎麼這麼慢啊……妳在幹嘛？」

電視機傳出廣告代言人誇張的語氣，把產品給神話得萬能似的。徐澈趁著廣告時間過來。

鵝黃色的盒子散落一地，零零散散的拼湊不回原本配合的大小，上頭的字也都被我用簽字筆塗得亂七八糟，原來的字跡若隱若現，卻殘破不堪。

我對徐澈笑了，用一雙空洞的眼睛看著他。

「你爸爸是誰？」

他深深皺起眉心，眼神游移不定。

「你爸爸叫做……叫做裴譽仁嗎？」我乾笑，「啊，還是該說『叔叔』？」

我的眼睛乾澀無比，面對徐澈的沉默，我勾起一邊唇角，冷笑，像瘋子一樣肆無忌憚。

太諷刺了。

太扯了。

「他不是我爸。」他的眉頭皺的更深了，連胸膛的起伏都比以往更加明顯。

「那他是誰啊？」我咯咯笑起來，眼淚卻迸出眼眶，「這名字超……超耳熟的耶……哈哈……」

「流蘇，妳……」

「你看你看，」我指了指盒子上一處墨黑色的筆跡，「連字跡都好眼熟。」

徐澈緊抿著唇，像是在壓抑著什麼一樣，神情緊繃。

我忽地收起笑臉，重重的吐了一口氣，抹掉眼淚，逕自走出房間。

夜晚的風很涼爽，輕輕掠過我的耳際。月亮溫柔的灑在草端，小草的尖銳處映出點點螢光，把我心底疼痛處照亮。

原來爸爸離我這麼近。

原來他就在這裡。

原來離家之後他過的很幸福。

原來……原來徐澈的媽媽就是爸爸當年外遇的對象，而且最後他們在媽媽的退讓之下結婚了。

他一定不知道，每年收到那樣的生日禮物，我有多難受，以前全家人一同唱著生日快樂歌，而今只剩我和媽媽的聲音穿梭在家中角落，歌聲顯得單薄又孤獨。

一道身影坐落在身邊，身體與草地接觸的同時發出細微的沙沙聲響。

「這就是你小故事中的人物嗎？」我淡淡的問。

「嗯。」徐澈過了好久才應聲，接著又說：「我一直不確定，但直覺妳就是那個流蘇。」

「世界上叫流蘇的人又不多。」我輕輕笑了笑。除了張愛玲《傾城之戀》裡的白流蘇之外，我幾乎沒聽過有人和我同名。

星星在天空中閃爍，眨著晶亮的眼睛。沉默在我們之間蔓延，流出真相的醜惡與鮮血。

難怪媽這麼敏感，是因為爸爸「現在的」家，是我們所住的地方，人人都說面對愛情，女人總是纖細的，果不其然。

「其實，我爸爸……我是說我親生爸爸，」他打破沉靜，深深吸了口氣才道：「就是上次綁架妳媽媽的人。」

*

爸爸離家以後，媽媽過著以淚洗面的日子。

那時我才明白，愛情竟能帶給一個人幸福，也能讓一個人承受莫大的傷害與痛苦。

但那個人是爸爸，我怎麼可能討厭他？

我希望他幸福。即便我無法接受他的藍圖裡面已經沒有我跟媽的影子了，從他踏出門的剎那，就被抹煞的一乾二淨，彷彿不曾存在過。

「流蘇，要記得爸爸真的很愛妳。」

可是記憶隨著時間越來越模糊，宛如隔著眼淚望出去的世界，支離破碎。

我記得呀，我記得我們一家人曾經很幸福很幸福過，但已經是過去式了。

如今最清晰的片段，是爸爸離家的背影，修長高大，卻留下斑斑寂寞的印痕。

＊

陽光從窗外投射進來，光束裡漂浮著塵粒，一顆一顆，像閃爍的星星。

「媽，我得打掃一下家裡，可以麻煩妳整理行李嗎？」我走到後陽台拿出掃把，一個多月沒人住的家裡到處積滿灰塵。

「知道了。」媽的聲音逐漸遠去、變小，「手拿掃把的地方先用溼紙巾擦一擦！」

我和媽同心協力，打掃這件事情向來難不倒我，自從爸走了之後家事幾乎都是我在做的。

我們很快的完成工作，媽跟以往一樣坐在客廳看電視，而我回到房間預習最後一次段考範圍。

說什麼也要找點事做。

離開徐澈家之後，我不像以前一樣能夠忍受寂靜的空房，有他在的地方總是充滿聲音，宛如雨滴落在地上，滴滴答答，答答滴滴，沒有停歇的時候。

我的祕密，和徐澈的故事，似乎就是他眼裡經常下雨的原因。

可我離開他了。

我隨手把筆扔去一旁，它滾呀滾滾到桌燈底盤後停下。平時只要幾分鐘就能解出的數學題目，如今卻花上快要半小時都毫無頭緒，腦中瘋狂且快速播映著徐澈的臉，與一片滂沱大雨交互重疊，這樣的畫面幾乎把我的思考能力扯得體無完膚，沒法專心計算習題。我索性將習題本闔上收回書櫃。

屈膝坐在書桌前，我盯著檯燈，總覺得光芒愈發微弱、模糊。徐澈在我無助時陪著我，而我不但沒有一句謝謝，還狠狠推開他。

應該沒關係吧？

明天，只要到了明天，我們又會回到從前那樣手牽著手，對彼此微笑的關係了吧？

伸手抹掉眼淚，想到這裡，我已經開始期待明天了。

*

國中時我曾經在書裡讀過那樣的一段文字：「人生任何選擇都像是站在十字路口，前進或後退，都會將我們導向不同的結果。」

第一次體會到這種感覺，是國中大會考時，寫完數學題目之後檢查考卷，改了三題答案，結果原本寫的是對的，導致我無法如願錄取第一志願。

第二次是當時選擇留下來陪媽媽，和爸分開，跟奶奶見面機會減少許多，後來最疼我的奶奶去逝時我過了一星期才知道。

每分每秒都在面臨選擇，每樣選擇都給我們不同味道，而是好是壞則因人而異，然而一旦做出選擇，就沒有回頭的機會了。

早上走出房間，盥洗完畢後，我習慣的走向廚房打開冰箱尋找製做培根豬排起司三明治的食材，當冰涼的空氣接觸到臉的瞬間，彷彿澆了桶冷水在我頭上那樣，瞬間清醒。握住冰箱握把的手僵住，像是電影裡的定格畫面般，腦袋嘎然而止，那一刻我什麼都沒辦法做，一切都停止運轉，我是，世界也是。

我掏出手機，撥了通電話給徐澈，卻直接轉入語音信箱。

一股難以言喻的惶恐襲上心尖，直到媽喚了我，我才回過神來。

「冰箱不要一直開著，很浪費電。」媽打了個呵欠，走進廁所。

我幹嘛要那麼害怕？我可是裴流蘇，任何事情都難不倒我的呀。

一進到教室，先是看到病癒的鄧雨莐正津津有味地吃著蛋餅，她熱絡的黏上來。

「流蘇，妳和徐澈吵架了嗎？」

「什麼意思？」我怔愣住。

難到他發生什麼事了嗎？

「你們沒有一起來學校呀。」鄧雨莐指了指牆上的時鐘，說：「妳看，早自修要開始了。」

盯著徐澈空蕩蕩的座位，罪惡忽然湧上。

既然打電話給他他不接，那傳簡訊呢？

那種會讓徐澈直奔我身邊的訊息，會是什麼？

「裴流蘇，妳搞什麼東西？」徐澈眼睛裡隱含著慍怒。

我聳聳肩，「如果不那麼做，你不會來吧。」以肯定的語氣回答他。

幽藍螢光從他手中熄滅，手機螢幕恢復一片漆黑，簡訊中一行小字像是浮水印一般，黑暗中若隱若現。

我直直望盡徐澈墨黑的瞳孔，在雨中找到自己。他的睫毛微微顫動，像是隱忍著什麼情緒，怒氣退去後，剩下傾盆的大雨。

「你沒來學校，我是真的很擔心。」我發自內心的說，希望他明白我的心思。

「流蘇，妳知道當我看見這則訊息的時候心臟都快要停止了嗎？我騎腳踏車瘋狂加速，腦袋裡想著的只有救妳。」徐澈眼睛裡的雨愈加猖狂放肆，「不管用什麼方式！」

我的心沒來由一緊，呼吸越來越困難。「我只希望你快點來到我面前，站在我看的見的地方。」

徐澈倏地卸下緊繃的肩膀，一抹慵懶如往常的笑容舒展在眼前。

「也是，裴流蘇總是這樣的。」

「……哪樣？」

「不顧別人的心情，只願自己不受到任何傷痛。」

他頎長的背影消失在樓梯的轉角處，我拿起手機，盯著那封被已讀的訊息發愣——

你爸來學校了。

*

徐澈翹課次數變多了。

以往他都固定翹英文和化學課，因為教那兩科的老師他都不喜歡，幾乎每次上課都會起衝突，後來乾脆不上，跑去樹下乘涼。

而最近，他幾乎一整天都躺在流蘇樹下。

徐澈會應許我的要求每天準時上學、準時交作業，功課也都自己寫，因為翹課的關係缺考多次，考卷會累積到很多時一起補考，雖然成績意外的並不差。

但是這一切彷彿無限的惡性循環，每當我回頭時，無法看見期盼的面孔；早自修要塞作業到他抽屜裡時，才猛然想起他已經開始自己完成功課了；下課走到走廊呼吸新鮮空氣，總覺得哪裡怪怪的，旁邊理當要站著一個人、手心應該要被誰緊緊握著……而那個人卻不在。

每天到了午餐時間，我和鄧雨蕵固定到後花園吃飯，我會故意繞去流蘇樹附近，想著也許運氣好會碰到徐澈，但沒有一次如我所願。

曾幾何時，我和徐澈之間，需要藉由運氣才能見上一面？

忽然眼淚蓄滿眼眶，心臟縮成一團小肉球，緊緊掐住胸口，我快要不能呼吸。

終於，遠遠的，我看見流蘇樹下，熟悉的身影平躺著，陽光從葉縫中灑下點點金光。

一個穿著黑色裙子的女孩蹦蹦跳跳得向他跑去，一切那麼自然、那麼理所當然地坐在他身畔，正當我心裡瘋狂似的大吼著那是我的位置時，我看清楚那女生的臉了。

溫熱微風徐徐吹來，徐澈潔白的襯衫隨風飄動，髮絲飄揚著、舞動著，然後他坐起身，女孩對他說了幾句話後，兩人笑了起來。

「妳真的很有趣。」

明明距離很遠，為什麼這句話我卻能夠聽得一清二楚？

接下來我什麼也聽不見了，只看見他們的嘴唇蠕動著，宛如默劇一般。

那一刻，這陣子得不到解答的疑惑、納悶、猜忌……全數揭曉。

回教室的路上，望見好久不見的李佟恩。小麥色的手臂抱著一大疊厚重的國文習作，以往強健的臂膀如今看來輕輕一碰就會碎，眼睛周圍暈染一圈淺淺灰黑色。即將升上高三的他課業愈加繁忙，想是有好幾晚都熬夜唸書，很久沒有好好睡上一覺了，眼前的李佟恩彷彿只是輕輕撐起一笑都略顯牽強，好像只要露出笑容就必須花上他一半的力氣。

我想也沒想拿走他手上半疊習作，忍不住叨唸道：「這麼多還讓你一個人搬。」

「不會很重。」李佟恩嘴邊的笑意流露些許疲憊，「還是給我吧，妳一個女生別搬這些東西。」

他伸手要拿走的同時我以迅雷不及掩耳的速度輕巧閃開，「李佟恩，別逞強了，你看起來很累。」

他唇邊的笑意愈是加深，愈是顯得他有多憔悴。耀眼陽光下，這樣的景象變得突兀，好像一片晴空中的一小塊地方，有一朵灰墨色烏雲飽滿著水分，輕輕擠壓就會迸出淚來。

他看起來快哭了。

「發……發生什麼事情了嗎？」我小心翼翼的問。現在的他像是只玻璃娃娃。

「沒什麼事——」說到一半，李佟恩的眼角果然流出淚來。

「你……」不知道該說什麼才好，我往前一步靠近他，伸手替他抹掉水痕。

他猛地抓住我騰在半空中的手，緊緊貼在自己濕漉的臉頰上。

「流蘇，我真的好想妳。」眼淚無法克制地越過眼眶的阻攔，「我一直告訴自己不能再這樣下去了，畢竟流蘇只想跟我當好朋友啊，我怎麼可以這麼自私，讓這份感情變得有負擔？」

胸口一片灼熱，我的眼球開始脹痛起來。

「李佟恩……」

他露出輕淺的笑意。「可是流蘇，我想這輩子除了妳，我很難再愛上其他人了。」

我張口，想說些什麼，安慰也不是，鼓勵又不對，此時此刻做任何事都顯得多餘又毫無意義。

我也愛他。可我們兩人的愛，是不同形式的。

但現在我好像只能好好守護眼前的這個男孩，這個如此脆弱的男孩，並努力不讓他受到傷害。

＊

有天補習班下課，鄧雨莯先被家人接走了，於是我一個人走到公車站下等公車。

忽然想起有次在這裡見到徐澈在公車上，穿著學校潔白的制服襯衫，坐在公車後半段的位子上打著盹。

接下來有好幾個星期，每每到了補習班下課來搭公車的時候，每一班公車的經過，成了我所在意的景物。我會注意停靠的那班公車有沒有徐澈的身影，從最前頭到最後一排的位置，視線全部掃過一遍，才肯放棄。

「學妹，妳還好嗎？」一道清爽甜美的女聲傳來。

我抬頭望向對方，下巴感到一點溫熱，才發現自己不知不覺流下眼淚。

——為自己的決定而哭泣。

和我差不多個子高的女生尷尬地笑了笑，說：「妳應該不記得我了啦，我是吉他社的副社長，趙姍姍，之前妳和另一個男生來參觀社團的時候是我替你們介紹的。」

後來我向徐澈的堅持妥協，某次放學後與他一同到各社團參觀。徐澈最後選擇加入攝影社，他說可以記錄生活中大小事，也是很棒的生活方式。

明明不是太久以前的事情，現在想起來卻覺得離我好遠好遠，彷彿是兩、三年前的事了。

腦海浮現徐澈填寫入社單時臉上流露的欣喜，我再也克制不住地放聲大哭。

「想聊聊嗎？」

我接過學姊遞來的袖珍包衛生紙，抽出一張往眼睛上按壓，吸取逃出眼眶束縛的淚水，接觸到水份的瞬間，單薄的衛生紙變的軟爛。

「以前我對周遭事物都漠不關心，可是遇見他之後，好像什麼事情都、都變得好重要好重要，而、而且我發現我其實並不是這麼的堅強……這麼說可能有點矯情，但現在我才知道自己有多軟弱。」我抽抽噎噎地說著，覺得渾身沉重。

「妳知道嗎？我們總是會假裝自己什麼都不需要一樣，因為那樣在其他人眼裡看起來才是活得好好的，但其實我們都心知肚明，這些不過只是自尊心作祟……自尊心跟自卑感很強的人往往希望自己在別人眼裡是好的一面。」學姊柔聲說著。

也許徐澈說的對，堅強的表面下我正逼迫自己撐起現實中所有痛苦與委屈，從爸爸離開之後就是了。而他卻闖進我的世界，把一切搞砸之後，給了我全新的生活。

然後，再次離開。

可是，我們都只是個普通人。

小的時候可以為了爸媽不給糖果吃、不買新的芭比娃娃而又哭又鬧，也可以為了學會騎腳踏車這樣小小的事情開心地到處炫耀；長大之後我們因為考試考不好每天提心吊膽，一心想著要攔截成績單，也曾因為比賽得獎了而迫不及待衝回家去；再長大些，愛情成了生活重心，我們的眼淚留給了那些我們心底深深愛著的、卻不愛我們的對方，包裝起笑容，送給了終於勇敢迎接下一段感情的自己。

「有些人在生命中不是過客，而是守候，在任何妳需要的時候。」學姊露出淡淡的笑容，視線落在遠處。

我不知道學姊經歷過些什麼事情，才能有這樣透澈的想法，但我想我明白她的意思。

或許一生中，我們都有一個必須去守護的人。

*

「流蘇，妳真的好久沒吃玉米蛋餅了耶。」鄧雨莐戳了戳放有早餐的橙色塑膠袋，發出沙沙聲響，像風拂過樹葉。

我將奶茶和豬排蛋餅取出，「嗯。」

「早餐就吃肉會胖。」

「嗯。」

「流蘇。」

我想身為女孩，是真的有所謂第六感存在的。

鄧雨莐一如往常地和我聊天、對話，我卻總覺得心裡不太舒坦，於是手沒停歇過的取出早餐、拆開吸管的透明塑膠袋、插吸管到奶茶杯裡，然後拿出免洗筷子狼吞虎嚥的吃起蛋餅來。

我想我表示地夠明顯了——我不想聽。

目前，還不想。

「流蘇。」然而她的聲音再次爬入耳裡，帶著堅定。

「……嗯。」

「妳、妳喜歡徐澈嗎？」

剛夾起的一塊豬排蛋餅從筷間滑落，握著筷子的手停在半空中，無法動彈。

我喜歡徐澈嗎？

「為什麼這樣問？」

是啊。

「因為我在乎妳的感受。」她頭低低的，像個做錯事情的小孩。

我喜歡徐澈。

「鄧雨莌，」我喚她，「如果妳真的在乎我的感受就不會這麼問我了。」

心臟像是緊緊被踐住，我忍住亟欲奔出的眼淚，用力深呼吸，低著頭，不想讓人看見自己發紅的鼻子。忽然想起爸爸離家之前的那句話，心裡更是難過，為什麼我在乎的人總是要讓我處在把握與退讓之間？

鄧雨莌的眼淚流出來，水汪汪的大眼睛飽滿委屈與難受。衝出教室的時候，她停在門邊回頭望我一眼，接著掩面跑開。

幹麼委屈？幹麼難受？

我只不過是妳利用的一粒旗子，等徐澈真正來到妳身邊，我對妳而言就失去意義和利用價值了，不是嗎？

原來從頭開始，我就是那個一廂情願的人。

一廂情願認為鄧雨莌也把我當重要的朋友。

一廂情願以為徐澈始終會陪在我身邊。

一廂情願覺得自己的做法不會傷害到任何人，卻也任何人都受了傷。

徐澈走進教室，深深望了我一眼後走到位子上。我知道他此刻正把書包塞進椅子與牆壁間的縫隙裡，然後接下來他要睡覺……

「鄧雨莐哭了，去找她吧。」我淡淡的說。

「為什麼？」他的聲音裡流露著一絲散漫，彷彿這件事情與他無關，但基於客套必須這麼問。

我笑了，充滿嘲諷。

我們的青春充滿嘲諷。

憑著堅定的意志來到志學樓，李佟恩是二年四班，走出電梯後往長廊走的第一間教室就是他的班級了。

一個小小高一生出現在只有高二班級的志學樓原本就是一件新奇的事情了，再加上李佟恩是籃球校隊前鋒、我是校排第一，這樣的畫面更是引人注目。

李佟恩走出教室的時候，眼裡依舊流動著疲憊的水光。

「還好嗎？」我有些不自在的問。

「沒發生什麼事情，只是有點累而已，不要緊的。」他笑了笑，「午餐一起吃好不好？我今天帶了豬排蛋包飯。」

我怔愣了下，「好……嗯，一起吃吧。」

李佟恩嘴邊的笑靨綻開，像個有糖吃的孩子，終於有了精神。他伸手摸摸我的頭，力道極輕，好像我是只易碎品，太用力會把我弄裂。

天知道，他才是最需要被保護的。

「別太累了，下課就不要埋頭念書，有時間就好好休息吧。」

「好。」

「多喝水，免得中暑。」

「知道了。」

「假日一起出來念書吧，好快又要段考了。」

「是啊，暑假再帶妳出去走走。」

走走……

我想起夕陽，想起落日，想起青青草香。

想起那個躺在嫩綠色的柔軟草地上，輕輕睡著的男孩。

想著想著，胸口一陣悶痛，氣球般不斷膨脹，壓的我喘不過氣。

「怎麼了嗎？」李佟恩關心的問。

「沒、沒事。」我晃晃手，有點心虛的連忙回應。

是你食了言，還是所謂的「雨過天晴」還沒到來？

電梯門關上的瞬間，眼淚再也克制不住的奔湧出來。

＊

我向老師要求換位子。

第一排靠窗的座位不但採光好，又不至於像第一排那樣壓力大，而且還有窗台可以放東西，像是衛生紙、防蚊液、水壺之類的瑣碎用品，是人人都想要的位子，選座位是按照名次的，所以每次那個座位都會被我選走。但這一次我卻提出換座位的要求。

「徐澈上課吵妳嗎？」班導語帶關心的問。

基本上，徐澈不是翹課，就是趴在位子上睡覺，不知道老師為何還會覺得徐澈干擾到我。這大概就是師長們對於問題學生所謂的刻板印象吧。

我搖搖頭，「沒有，是我自己想換的。」

班導猶豫的點點頭，好像相信，又似是不確定的一邊看我，一邊將座位表抽出資料夾，問：「那妳想換到哪裡？」

我伸手指了指第五排的第一個位置，選定之後，隨著老師回到教室更換座位。

知道自己可以做到我原本那個位子的同學驚訝之餘，還帶著微微的不滿——為什麼裴流蘇想坐哪裡就能坐哪裡？

現實是這樣子的，表現亮眼什麼都可以，表現不出色其餘都免談。學校如此，家庭也是，日後出了社會工作更是一樣，業績若好上司便重用你，連應酬都能把對方氣走那麼一切都不用說，等著被炒魷魚吧。

學校像個小型社會，反映出各個不同的樣貌。

「流蘇，是不是因為我……」鄧雨莐囁嚅的樣子很可笑。

我正眼也不瞧她一眼，「嗤」了一聲，道：「我做錯了嗎？啊，應該要跟妳換的，對不對？這樣你們每天卿卿我我的都不需要中間隔著一個人了。」

「裴流蘇。」

「怎……」看見徐澈的時候不知怎麼的突然說不出話。

他輕嘆一口氣，「不是妳想的那樣。」

我呆愣幾秒，接著笑問：「什麼東西不是我想的那樣？」

「我跟鄧雨莐，我們的關係不是妳想的那樣。」

「哪樣？」

我是故意這麼問的，我想知道他會不會老實回答我，還是會因為心虛而退縮。

「我們沒有在一起。」他很有耐心地回答我的問題。

「但是你不可能不知道，」我將桌子對齊方格的角角，「鄧雨莐喜歡你。」

「我不喜歡她。」

「她喜歡你。」

「裴流蘇——」

「我們不能選擇。」我淡淡的笑著，模仿徐澈平時慵懶的模樣。

「妳可以選擇。」徐澈卻堅定無比地說，「裴流蘇，不要這麼快就向命運低頭，在妳還有力氣的時候就要用力掙扎，妳的勇敢應該要用在這時候。」

「先離開我的人是你，不是嗎？」憑什麼現在對我說這些？

「是妳。」

「可我後來有試圖挽回，你卻丟下我一個人。」我感到全身顫抖著，冒出細密冷汗。

徐澈一時之間不知道該回什麼，於是低下頭，任由沉默佔據我們彼此的距離。

我確實挽回過他，但他卻以持續翹課、缺考的方式回應我，那種感覺很糟，好像被人拒絕又挨了一巴掌。當然也有絕大可能是因為那個人是徐澈，我才會覺得那麼痛。

不久後鄧雨莌又來找我，她纖細的身子越是靠近我，越是顯得瘦弱、不堪一擊。每每鄧雨莌朝我投來目光，總是在下一秒便閃躲開來，好像我會對她怎樣似的，讓我心裡面的憤怒難以平復。

我生什麼氣呢？也許是因為羨慕她，也許是因為忌妒她。

「去、去後花園那裡聊聊可以嗎？」她開口，眼神沒有看著我。

我逕自邁開步伐往後花園走去，聽見紊亂的腳步聲音跟在身後，於是我又加快速度，儘量避免與她並排同行的可能。

「說吧。」

「流蘇，我喜歡徐澈……」鄧雨莌一開口便哭了起來，「我真的好喜歡好喜歡他，喜歡到不能沒有他了……」

「嗯，我知道。」我淡淡的回。

鄧雨莐見我一點也不意外，反而哭的更兇。「那妳為什麼要一直接近他，妳既然都知道，為什麼還要——」

「第一，我是最近才確認的，在我發現妳下課都會去找他之前我並不曉得。」我打斷鄧雨莐，「第二，就算我知道了又怎麼樣？妳應該比誰都曉得徐澈愛的不是妳不是嗎？如果他喜歡妳，妳就不會像現在這樣找我出來講話了。」

面對我的咄咄逼人，鄧雨莐的眼淚越掉越厲害，像壞掉的水龍頭，關不起來。以前我看到這樣的她會很不捨，覺得那麼好的女孩不應該被欺負，不應該為了其他人的不是而掉淚，不僅心生憐憫，還會忿忿不平，想替她討公道。

可是現在不一樣了。

「妳從來就不把我當朋友，不是嗎？」

「流蘇……我真的很喜歡妳，和妳當朋友真的很開心，也很幸運……」她抽抽噎噎地說著。

「鄧雨莐，好人永遠是妳當，而我卻必須扮黑臉來襯托妳的善良。」

「那是因為我沒辦法接受被大家用異樣眼光看啊，我想當與眾不同的人，想當與眾不同的人就不可以同流合汙……」

「所以藉由我來讓妳變的與眾不同。」我面無表情地看著她，「然後再藉由我接近徐澈。」

她崩潰似的掩面痛哭，我從沒見過這樣的鄧雨莐，雖然她原本就很脆弱，可以因為小小的事情而哭泣，但還是第一次看到她哭得如此傷心，好像世界末日來臨了一樣。

「對……妳說的，都對……」她承認，眼淚抹掉了又再次湧溢出來。「對不起……流蘇，我真的忍的好苦，真的很不安，每天晚上都要對著天花板說一百次對不起才能安心入睡。」

「嗯，那麼現在妳的目的達成了，我會離你們都遠遠的，妳可以安心入眠了。」我冷聲。

「流蘇，對不起，我是真的很需要徐澈，我不能沒有他……」

我常常在想，到底愛一個人必須愛到怎樣的程度，才會不能沒有對方？

為了愛人放下自尊，為了愛人失去自我……

這樣，真的好嗎？

看著哭得撕心裂肺的鄧雨莐，我想到我媽，瞬間心中某一小塊也像是被剝下一塊肉一樣難受。

＊

有天媽媽要我去便利商店買米酒，經過一間樂器行的時候，裡頭播放的歌曲使我忍不住停下腳步。帶點悲傷的旋律及歌手溫暖的聲線，一字一句隨著音樂飄進耳裡，彷彿一個失戀的女孩躲在棉被裡啜泣，又好似在雨中淚奔，聽著聽著，我竟沒有忍住，眼淚無聲滑落臉頰。

「你在哼什麼歌？」

「我不告訴妳。」

「欸，虧我還覺得你今天特別帥氣。」

「哈哈，沒想到妳還記得。」

徐澈不知道，有關他的一切，都深深地刻進腦中，揮之不去。

我推開門進入樂器行，隨便看了幾把吉他後，假裝不經意地問老闆：「這是什麼歌？」

Chapter 05

十六歲開始，只要一個笑容，就能夠將裂痕埋藏起來。

我把我的青春給你
不是因為想換取和你的婚禮
而是單純在最美好的年華
遇見了你
必須愛你

我把我的青春給你
不是因為想換取忠心的美名
而是單純在最美好的年華
遇見了你
必須愛你

（〈我把我的青春給你〉詞：陳利涴，曲：許瓊文）

夏天的風輕輕撲在臉上，溫溫熱熱的，彷彿一雙大手的撫觸，這一摸，連帶撫出千百串淚水。鼻涕和眼淚混雜在一起，我狼狽不堪的蹲在街旁，人行道上的路燈為我罩上微黃的燈光，更顯孤寂。

我以為那天和趙姍姍學姊聊過之後，心裡會比較好過一些，至少多少能夠看開，不會再理會心中凸起的癥結。但是一時想開不代表往後的日子分分秒秒不會想起它，那塊隆起的痛楚總會在我見到徐澈時提醒我，他對我來說依然那麼重要，而我仍舊是那麼喜歡他，喜歡到想起有關他的一切，世界就在眼前崩塌。

可我不能擁有他。

我們的相遇，彷彿從一開始就是個天大的錯誤。

「妳可以選擇。」

「裴流蘇，不要這麼快就向命運低頭，在妳還有力氣的時候就用力掙扎。」

「妳的勇敢應該用在這種時候。」

我可以選擇嗎？

或許我真正想要的是生活的平靜，而不是轟轟烈烈的衝撞過後，撿起地上碎成片片的不堪，然後重頭開始。

徐澈追求新的世界，每天每天試圖改變一切。

李佟恩則和我一樣，盼求過著純淨的生活，日子簡單就好。

人不能一次把所有渴望一網打盡，這樣絕不會真正擁有什麼的。

如果我希望能和徐澈彼此相愛，那即便是在過去，是在即將逝去的青春，也無關要緊吧？至少在回憶裡，我們能夠深深的望著彼此的眼眸，想像在愛裡幸福快樂的模樣。

就算，這些想像都無法成真。

*

圖書館自修室內吹送著冷氣，我坐在靠窗的位置，眼神不時飄向窗外一片嫩綠的樹葉及草地。

公園裡佇立著一棟圖書館，我們簡稱它「央圖」，大廳中間是警衛辦公處，偶爾有一、兩個警衛會拿著「禁止喧嘩」、「請勿飲食」的牌子來回走動，保持館內最佳品質。

一樓是使用電腦的地方，總共有將近六十台電腦提供民眾借用，只要持有央圖的借書證便可以至櫃檯刷卡登記。以前我和鄧雨莸時常來這裡做報告，雖然使用時間只有少少一小時，但對學生來說很方便，還有免費冷氣可以吹。

二樓至五樓開始有各種不同分類的書籍，其中還設有許多座位讓閱者能夠坐下專心閱讀，不同於自修室需要劃位、限時，又不能隨便走動的規定，相較之下閱覽室顯的自由許多。

原本閱覽室的座位並不提供學生或是任何準備考試的人當作「念書」的地方，單純提供給短暫借用位子閱讀館內書籍的民眾使用，但隨著附近人口愈來愈多，央圖的讀書環境又佳，閱覽室的位子便和自修室一樣成為讀書的地方。自從住進徐澈家後，我便沒有再到這裡來念書了。

每次到了段考、大考期間，早上六點多就會有人前來排隊，線上劃位更是在一星期前就被秒殺，而央圖也很貼心的在大考前一個月，將開放時間延長至晚上十一點。

夜晚，我和李佟恩肩並著肩走在公園外圍的人行道上，不時有夜跑的人從身旁擦肩而過。

「高一最後一次段考了，有什麼感想嗎？」李佟恩打趣的問。

我搖搖頭，「沒甚麼，只是覺得時間過好快。」

「是啊，還真的是歲月如梭呢，一晃眼我就要變成高三老人了。」他笑嘻嘻地說。

我們在停滿腳踏車的地方找到李佟恩的，他解開鎖後跨上腳踏車，拍拍後座示意我坐上來。

一路上李佟恩說著這幾天在學校發生的趣事，關於班上的，也關於社團的；聊著哪個學弟妹處理公務不周，也聊合作社阿姨數錯錢出糗；分享最近剛上映的電影和出版的小說，也分享某縣市新開的人氣主題餐廳。

他總是能夠分神照顧我，即使我始終沉默不語，他還是會用盡心力讓我不覺得無聊，讓我們之間充滿話語。

「妳在哼什麼歌？」李佟恩忽然問。

「嗯？什麼？」

「別裝傻了，妳剛剛在哼歌。」他重複我剛才不自覺哼起的曲調。

我頓時說不出隻字半句。

「怎麼了？好啦，我不學妳了。」他語帶笑意地說。

「沒事，我沒生氣。」

「沒生氣就好。」李佟恩笑了笑，聲音軟綿綿的。「要不要買東西吃？讀完書肚子應該餓了吧？」

「不用，我不餓。」

剎時間李佟恩的背影與徐澈重疊，兩道頎長的身影左右交錯著，相同的白襯衫模糊了視線，來來回回形成一大塊純白色塊，眼前的景象像是海底世界，每個東西都在眼裡隨著水波來回滾動著。

還來不及反應，我已經抱住那個向前傾的溫暖的背。

李佟恩的身體僵直了下，隨後將腳踏車騎到馬路旁邊停下。我從原先的輕聲啜泣，到後來的放聲大哭，不管一旁馬路車來人往，更不想管是否引起注意，我只覺得好沉重，需要大哭一場，而這陣子的委屈及壓力彷彿一團棉花，飽含著水分，在一次又一次的忍耐和壓抑後終於忍不住，迸出淚來。

直到我累了、沒有眼淚了，只剩下像打嗝的聲音抽氣著，李佟恩才轉過身來，拉起他綁在腰際的外套衣角替我擦去臉上殘留的淚痕。

他沒有說話，就只是這麼靜靜的凝視著我，眼神溫和如平靜的湖面。

我覺得自己很過分，明明喜歡著徐澈，卻拉著李佟恩不放，已經好幾次告訴自己要狠下心推開李佟恩，不能讓他繼續深陷沒有結果的情感裡去，但又好像捨不得少了個喜歡自己的人一樣，一再把他拉回泥沼。

看著他痛苦，我卻無法放他自由，而原因我到現在才終於明白——我不想讓自己受傷。

我不想在失去徐澈時，回頭看不見他。

「抱歉……我們回家吧。」我尷尬笑了笑，表情肯定很難看。

李佟恩猶豫著轉過身背對我，跨上腳踏車的同時，輕輕地說：「流蘇，雖然我不知道現在講這個好還是不好，但是……」他稍微側過頭，嘴邊泛著清淺笑意，「妳願意對著我哭而不是徐澈，我很高興，好像以前那個裴流蘇回來了。」

*

妳有樣東西還在我這裡，下午過來拿，我一直在家。

熟悉的街道、早餐店、舊公寓、新大樓……在眼前一一掠過，很多事情總是這樣的，在你還來不及對焦時便一閃而逝。

如果我願意回頭呢？

來不及了。

人只能往前走，就算回頭了也不能回到過去。

捺下門鈴，徐澈開了門，我們在門口對視幾秒後，他率先打破沉默。

「我上次試著學妳做培根豬排起司三明治，但是沒成功過，難吃死了。」徐澈淺淺的笑了笑，挑高右邊眉毛，「可以做給我吃嗎？我好餓。」

我忽然好想哭，因為徐澈，因為徐澈正對著我笑。

我點點頭，「先讓我進去吧？」

他側身讓開一個空位，我熟門熟路地進入他家，找到冰箱後取出食材開始製作特製三明治。

首先先開火熱鍋，倒油進去並使之均勻分布鍋內，把豬排、培根煎半熟。

接著把雞蛋打入空碗內攪散，稍微清洗鍋子後重新倒油進去，倒入打散的蛋汁。當初會那麼做，是因為徐澈說他不喜歡吃荷包蛋時蛋白和蛋黃分離的感覺。

蛋尚未全熟時，把剛才煎的豬排和培根放在蛋液上，再翻過來煎另外一面。有的時候吃三明治很容易培根啊、豬排啊掉出吐司外，沉在塑膠袋底層，沒辦法與吐司、雞蛋、生菜等食材一同入口，於是我想出一個辦法，就是趁著蛋未熟時把肉放在上頭，就會黏住，不會跑掉。

熱騰騰的培根豬排蛋三明治上桌，白蒸蒸的霧氣升起，像冬天從嘴裡往空氣中呵出的熱氣。

「真不愧是裴流蘇，機智如妳啊。」徐澈像以前那樣開著玩笑。

「快吃吧，我的東西呢？」

其實我是真的想見他。

我想單獨和徐澈見面，想單獨跟他聊聊，想牽他的手，想被他緊緊擁抱。

其實，我還不想走。

等著徐澈回答我，再自己拿，或者也許他會取出來給我，那個我遺失的東西。

「在這裡啊。」徐澈好整以暇的說，聲音懶洋洋的，彷彿剛睡醒。

「哪裡？」我不明所以。

他指了指自己，「這裡。」

「你……」臉頰瞬間熱起來，我氣惱的催促：「別開玩笑了，拿了我要回家，我還有事情要忙，沒時間跟你打哈哈。」

「誰跟妳開玩笑了？」徐澈東張西望，模樣相當誇張。

「停了，可以把東西給我了嗎？」我雙手環胸，不耐煩地問。

「可以啊。」

「哪裡？」這對話是在鬼打牆嗎？我鬆開環抱前胸的雙手，努力以「心平氣和」的口氣再問一次。我發誓他如果再讓我問一次，我肯定會扭斷他脖子。

「我說了，這裡。」

徐澈站起身來，將我拉入懷裡。

當他滾燙的肌膚穿過薄襯衫傳達給我時，我竟像是失去了語言能力般說不出話來，甚至身體有些承受不住的任由他擁著，無力的跌進他靈魂中。

「流蘇，我想永遠待在妳身邊，但是妳知道，鄧雨菧需要我，如果我離開她，她的世界就剩下一片荒蕪了。」

眼淚無聲流下，滲進他肩膀那塊衣料上。

我何嘗不是那樣？

李佟恩不能沒有我，我明白若我消失在他眼前，一切都會變得越來越糟，而我會後悔當初沒有陪著他，沒有好好照顧他，然而等到那時候想挽回卻都已經來不及了，事情走到了難以回頭的地步，我只能默默看著他繼續痛苦。可我不要，我不要，我不要那個總是全心為我的人心痛。

原來我們都害怕失去，卻又不得不放開對方，去守護另一個更需要我們的人。

「再給我一點時間，讓我好好想想，好嗎？總會有一個兩全其美的方法。」

我想此時我必須搖頭，果斷拒絕這場沒有盡頭的奮戰，但感性卻凌駕於理智之上，我點點頭，告訴他我願意等。

我想人總是這樣子的吧，越是得不到的，就越想嘗試去觸碰，無論要冒多大的險。

我會守護李佟恩，但我也想追求屬於自己的愛情。並不是坐等命運安排，聽天由命向來不是我的作風，從以前到現在我就不斷在為自己鋪路了不是嗎？為自己的未來鋪路、為自己的人生鋪路。和他一起。

回家的路上經過便利商店，想到上次媽要我買米酒，但因為一時情緒爆發空手而歸，就覺得很抱歉，還好今天身上有帶些零錢，趁現在還記得趕快買吧。

「對啊，她每次想要幹嘛就幹嘛，公主喔？」一道熟悉的聲音從冰櫃那裡傳來。

「換位子也是，雖然我很喜歡那個座位啦，但那是因為裴流蘇開口我才能做在那裡，想到就很不爽。」

走到哪都能聽見別人對自己的閒言閒語。

我拿著紅標米酒走到櫃檯前，掏出零錢的動作被一個聲音打住。

「流蘇本來就這樣，我也是忍她很久了。」

我有沒有說過，世界上會叫我「流蘇」的人有哪幾個？好像沒有。

——我媽、老師、徐澈、李佟恩。

還有鄧雨莍。

「啊，流蘇，還好我有進來找妳，想說妳也才從巷口轉出去而以怎麼就不見了。」

「嗯。」

「這是妳的國文講義，上次跟妳借的，剛才突然想到。」徐澈單手撐著膝蓋，另一隻手將國文講義遞給我。

隨著鄧雨莍與其他班上同學聊天聲音愈來愈大聲及腳步的接近，我心中某個念頭逐漸升起。

偶爾一次，沒關係吧？我又不是常常這樣。

我深吸口氣，抬起頭對徐澈笑了笑，接過講義時說：「不知道下次這樣見面會是什麼時候，明天開始我們誰也不是彼此的誰了。這本講義你留著吧，難得看你念書念這麼認真。」

明天開始我們誰也不是彼此的誰了。

徐澈抿了抿薄唇，輕嘆口氣，拿走講義後上前環住我，把他的下巴擱在我肩窩處。

「我不會放開妳的，我們要一直堅持下去。」他在我耳邊輕聲說，話語搔弄著耳廓。

我的臉貼在他胸膛上，點了點頭。感覺到徐澈溫暖的大手輕輕柔柔的撫摸我的頭髮，心裡平靜不少，卻同時緊張起來。

「徐……徐澈……」鄧雨莍細微的聲音於背後響起。

她聽起來很慌亂、不知所措，但我彷彿看見她的心正開始布滿蜘蛛網般的裂痕，然後「匡噹」一聲碎成一地。

我緩緩推開徐澈，接著轉身望向鄧雨莯，我要看到她知道被徐澈抱著的女生是我，是裴流蘇。

「鄧雨莯。」我喚她。

徐澈伸出一隻手擋在我前面，示意我到他身後。他的眉頭深深皺起，直直盯著眼前那群女生，包括鄧雨莯在內。

「鄧雨莯，我知道因為妳的關係，流蘇受了多少傷，所以不要讓我在這種情況下遇見你，我會不知道該怎麼看著妳說著那句不要緊。」

鄧雨莯雪亮的眸子瞠大，不敢置信的望向我。「裴流蘇妳……」

「她什麼都沒有講。」徐澈打斷她，「另外，請妳跟妳的朋友們儘量不要在公共場合討論別人。」

我一驚，原來徐澈都知道，也都有聽見。

幾個女同學面有難色，不敢正眼瞧徐澈，大抵是想起上次他在班上生氣大吼的樣子而感到害怕。

我趁徐澈一個不注意，轉身跑離便利商店。

可能是罪惡感吧。

我發現自己並不想看到鄧雨莯因為難過而掉淚的模樣，因為這樣會讓我心裡充滿惡作劇而生的罪惡、利用徐澈總是為我的罪惡、讓鄧雨莯難堪的罪惡。我為自己在那一刻成為別人口中的心機女感到可恥，卻又同時認為這樣的想法及行為是因為受到傷害的反擊。

矛盾。

真的，好矛盾。

我放慢腳步，不知不覺跑到徐澈帶我來的那片草原。望著逐漸落下的軟黃夕陽，我想起我們之間的約定——

「流蘇，所有都雨過天晴後，我們再一起來看夕陽。」

「我們？」

「對，我們。」

雨過天晴，究竟是什麼時候？

曾經我以為停止抗爭就是雨過天晴，就等於事情終於好轉，以為放棄掙扎可以解決任何事，大家都會比較好過。可是並非如此，許多問題不會因為我不去理會而有所改變，它還在那裡，就像雜草的根，問題若無連根拔除，將會滋生更多更多麻煩出來。

熱淚不由得再次滑落，用力抹去後又滾出來，就這樣我邊走邊哭，像是找不到回家方向的小孩，無依無助，又不知向誰訴說。

*

我和徐澈私下繼續聯絡著，為了讓生活平穩的走下去，在學校，我們很有默契的避開與對方接觸的機會，而徐澈也不再翹課，這樣的轉變在我看來是好的現象，至少鄧雨莌不需要再為了徐澈發生麼事情來找我了。

午飯時間，我和李佟恩一起坐在樹蔭下吃著各自帶的便當。鐵製餐盒一打開，香味撲鼻，我聞到從他飯盒裡飄出來濃濃的豬排味道。

「怎麼又是豬排？」我瞄了一眼李佟恩的便當，掐指一算，這陣子幾乎是天天都有炸豬排。

「想說妳愛吃。」他笑了笑。

心頭輕輕縮緊了下，我有些難受的別過眼，「我只是換個口味，沒有說是喜歡。」

李佟恩見狀，沒有因為我的脾氣而不開心，反倒笑了起來：「知道了，那妳喜歡吃什麼？」

「別管我喜歡吃什麼了吧……那是你的便當又不是我的。」我夾了一口泡菜炒肉入口，香辣口感在舌尖散開。

「這樣才能讓妳搶我便當吃啊。」他調皮的說。

我被他不正經的樣子感染，順著他說：「好啊，那你以後便當裡全放我愛吃的東西，我吃兩個便當，你想吃還必須先經過我的同意。」

忽然一陣尖銳的哭聲傳來，把我和李佟恩嚇了一跳，原本歡樂的笑聲被劃破，取而代之的是後花園整片的沉寂與嚴肅。

「走吧，看人家吵架不太好。」

李佟恩自然的拉起我，可我站起身後，總覺得不對勁，想也沒想就轉過頭往聲音傳來的方向看去。

今天天氣很晴朗，陽光普照，穿過夜隙間灑下點點金光，映在每個人的笑臉上。徐澈和鄧雨莯站著的那小塊地方卻像是下著雨，一束一束光線聚在他們身上，彷彿他們才是故事裡的主角。

他們從來就背負著一道陽光，遊走在人群之中，悲傷的過去與現在形成雨水，於是我在他們眼中看到相同的場景。

遇到徐澈對鄧雨莸來說是一種救贖，她需要他，因為在她眼裡徐澈和她是同類。

「徐澈，我求求你，不要這樣，不要離開我……」鄧雨莸微弱的聲音在我耳裡大聲咆哮。

到底十六歲的女孩能付出多少愛給一個人？

青春短暫，轉眼即逝，有的時候愛一個人就耗上了我們寶貴的青春年華。

而且，到頭來，還不一定能夠得到。

老師在講台上講解著數學習題，新的單元出現新的公式，全新的出題方式讓台下的學生昏昏欲睡，不能說是無聊，大抵是難度又更上一層樓了吧。

整堂課我東落一段、西落一段，沒有完整的聽課過，腦袋像是有根線斷了似的，無法全神貫注的認真聽講。

上課時間已經過了整整三十分鐘了——徐澈和鄧雨莸還沒回來。

午休過後，我到過流蘇樹下找過他們，不，甚至是後花園全都翻遍，仍舊沒有發現那兩人的蹤影。該不會徐澈帶著鄧雨莸翹課了吧？難道他忘了上次我們因為翹課跑出學校，被記了一支警告嗎？都快學期末了，說好一起消警告的，直到現在都沒有開始做愛校服務。

「流蘇？裴流蘇？」老師的音量隨著字句提高。

「嗯？喔，是。」我趕緊站直身體。

「很少上課恍神喔，」老師面無表情的說，「上來解一下這題吧。」

這題？

……哪題？

「喔喔，裴流蘇，我們已經講到下一頁了喔。」坐在隔壁的女同學大聲醒我，並「貼心」的替我翻頁。「是這一題喔。」她指了指演練第五題。

我心虛的將數學課本撫平，瀏覽一下後，走到講台前，拿起粉筆，一面看著課本一面寫著黑板，兩分鐘後，密密麻麻的演算過程及答案出現在原本空蕩的黑板上，所有人都大吃一驚。

「我、我剛剛亂指的耶……」

聞言，我輕輕放下粉筆，與板溝接觸的瞬間發出「咚」一聲，全班安靜一片。

我回頭看著方才「幫助」我的女生，冷冷笑著說：「真是謝謝了。」

「上課不能專心嗎？超越進度很了不起很偉大？」老師推了推老花眼鏡。聲音不大，卻像一把箭直直穿過胸口。第一次不討師長喜歡原來是這種感覺。

「報告。」熟悉的聲音從前門傳來，所有人齊刷刷的往同個方向看去。

「老師，我剛剛去了趟教務處，主任要我順便拿給你的。」李佟恩很有禮貌的將一份資料放在講桌上。

「嗯，辛苦了。」老師頓了頓，點點頭。

「對了，老師，有個問題我想請教一下。」李佟恩的音量沒有減弱，他的眼神投向我，說：「如果遇到班上有發生霸凌事件，身為老師，若正巧也在場，卻沒有及時出言阻止，會受到什麼樣的懲處呢？」

話剛落，班上細碎的交談聲交織成一面大網，把我捕住，並牢牢綑緊。我望著李佟恩沒有表情的臉龐，覺得呼吸愈加困難，彷彿氧氣從空氣中一點一點被抽離。

老師的臉一陣青一陣白，低吼道：「現在是上課時間，滾回你教室去。」

「沒問題啊，就當作我只是問問而已，或是……」李佟恩痞痞的笑著，「提醒也行。」

一下課，我忍受著班上同學從背後拋來的八卦目光，直接往志學樓奔去。

「我就知道妳會來找我。」李佟恩微微扯動了下唇角。

這是我第一次體會到什麼叫做「怒火攻心」，尤其是他在這種情況下露出笑容的時候。

「你應該知道數學老師是什麼樣的人，今天你得罪了他，分數考再高都很有可能被當掉。」我握緊拳頭，只差沒有往他身上揍，「班上那些人怎麼對我我無所謂、也不在乎，反正這些對我來說是家常便飯，你以後不要插手管這種事情，做好你該做的事就夠了。」

「流蘇，妳聽我說，」李佟恩的聲音變的好輕好輕，宛如羽毛在風中搖擺。「對我來說，裴流蘇被欺負，就等於李佟恩被欺負，我會無法克制的發脾氣。我希望妳可以不要受到任何傷害，可以好好過日子，高中生活是能夠給妳留下很大影響跟回憶的，我不想妳以後回顧自己的高中生涯，充滿著同學們的冷嘲熱諷，好嗎？」

眼淚差點掉出來，他對我總是那樣的好，而我卻永遠不會懂。

「那你何必與老師爭鋒相對？」我的態度柔軟下來。

見我情緒平復，他鬆了一口氣，重新展開以往溫暖的微笑。「知道了，以後我直接罵妳班上同學就是了。」

我跟著笑起來，笑容是真的能夠感染一個人的。「今天放學要去圖書館嗎？」

「今天嘛……我外婆今天早上剛到台灣，晚上要跟家人出去吃飯，可能沒辦法陪妳了。」他揉揉我的頭髮，「明天吧，早上我去妳家接妳。」

放學和李佟恩道別後，沒有直接回家，一個人朝圖書館的方向邁步。下星期就要迎接高一生涯中最後一次段考了，無論如何都要考好，並且比上一次進步。只要成績考差一次，繁星就沒指望了。

穿過公園，一群小孩子在玩躲避球，一個不小心便砸中我的腦門，剎時頭暈目眩，我抱頭蹲下身，另一隻手撐在地上，噁心的味道伴隨暈眩而來。

小男孩愣在原地，不知所措的樣子很讓人心疼，於是我用力扯出一個笑容。即使再痛再難受，也要對著那些擔心害怕的人說聲「沒事」。

彷彿聽見期盼中的答案，小男孩開開心心的撿起黃色躲避球跑走了。對那個年齡的孩子來說，笑就是笑，沒有什麼真或假，在他們的認知裡，人會因為快樂而笑、悲傷而哭。不知何時，我已經離那樣的年紀好遠好遠了。現在的我開心也笑，擔心受怕也笑，就算是痛苦到全身都在發抖、甚至眼淚竄出眼角，都必須撐起笑容來掩飾所有難堪，遮掩和平假象下的崩壞。十六歲開始，只要一個笑容，就能夠將裂痕埋藏起來。

那一刻，我竟想起徐澈。想起他眼裡下著的細雨，想知道現在是否還下著雨呢？

徐澈要我再給他一些時間，而我答應了。答應的當下我既興奮又害怕，興奮的是徐澈願意把我安插進他原本可以平靜安穩的生活裡，害怕的是時光流逝，帶走他曾經許下的承諾。

鄧雨莐需要他。我這麼告訴自己。可是我同時想要追求自己的愛情，不想被現實中種種因素綑綁住。

從自修室找到一處空位坐下，我癱軟似的靠在椅背上，抹去額角冒出的細密冷汗，重重呼出一口氣。

徐澈呀徐澈，如果我習慣等你，那麼，是否就要習慣等待你的落寞？

*

晚上九點鐘，我收拾東西準備離開圖書館，由於段考迫近，自修室裡還有很多人留下念書，室內空氣安靜的連一根針落地都能聽的一清二楚。

自動門的聲音「嗶」的一聲打開，我刷了借書證後離開，踏出大門的時候，忽然兩道黑影擋在眼前，我下意識的往後退，背脊卻又撞上另一個人。

「裴流蘇小姐，喝杯茶的時間有嗎？」粗啞的嗓音在耳邊震盪，我忍不住縮了縮身子。

回身抬起頭，一陣酥麻感覺從腳底竄至頭頂，手心汗濕，雙腿發軟。看著眼前的大叔，我想起徐澈的故事中溫暖沉穩的男人……

「我……我沒、沒空。」我努力維持鎮定，說完就要離開。

黑衣男子按住我兩邊肩膀，把我往大叔的方向推去，他們身上濃厚的煙味瀰漫到我鼻子裡頭，嗆得我不斷咳嗽。

「先帶去附近喝一杯吧。」大叔冷冷笑著，嘴角上揚的弧度令人作噁。「我們好好談談。」

「你到底想做什麼？」我奮力抵抗，卻無奈力氣始終比不上兩個男人單隻手臂的力量。

「不是說了要好好談談嗎？待會就會告訴妳了。」他噁心的笑容倏地收起，換上兇殘的表情，低吼：「少囉嗦！」並大力的往我後腦杓落下重重一記。

我吃痛地迸出淚來，害怕的不敢再出聲，心裡不停嘶吼著救命，即使心知肚明不會有人來救我。畢竟現實不是偶像劇，沒有人和我心靈相通，他也不會聽見我心裡呼喚著的名。

昏暗的包廂瀰漫一股難聞的味道，我不禁皺皺鼻子，努力適應。

大叔坐在我對面，拿出一包香菸，示意身旁黑衣男子替他點菸。橘紅色火光在昏暗中顯得特別明亮，而總是象徵著「希望」的光芒，此刻卻像是在嘲笑我一般，所有期望在這瞬間破滅，剩下殘破的絕望。

我哭著哭著，腦袋愈發沉重，下午被躲避球砸中的位置隱隱作痛。半晌，眼淚終於不再流出，口乾舌燥讓我無法發出聲音——當然在他問我問題之前我不會再說話，就怕他再次因不耐煩而對我動粗。

忽然手機螢幕亮起，輕輕震動著，來電顯示是媽媽，這麼晚都還沒回到家她肯定很擔心。

我把手機收回口袋裡，螢幕暗去，震動停止，我才安下心。萬一被發現有人在找我，手機可能會被大叔沒收或摔壞。我猜是後者。

「裴流蘇小姐。」

我的身子抖了好大一下，佯裝鎮定，應道：「請問什麼事？」

「能不能『麻煩』妳媽，帶林老北回家好好伺候，不要出來惹事生非？」他講到「麻煩」二字，還兩隻手比出勝利手勢彎了彎。

「……我現在根本不知道我爸在哪裡。」要怎麼帶他回家？況且就算真的遇見了，他也不會跟我們回來的，對他來說，這裡已經不是他的家。

「那就想辦法找。」他唇邊露出一抹冷冽，乍看之下兇惡無比，但事實上卻是悲傷的令人無法直視。

「徐……徐爸爸，」我維持聲音的鎮定，努力不讓它發抖。「他很想你。」

徐澈很想你。

瞥見他眼中迅速閃過一抹驚訝，身分被接露的驚訝，接著便又沉入黑暗裡，眉頭深深蹙起。「少來了，哼，那小子一點都不成才，整天遲到翹課，半吊子的個性丟死人了。」他吸了口菸後吐出，白色煙霧在空中裊裊升起，在微弱燈光下交織成寂寞的形狀。「要壞就壞到底。」

這一刻我竟然好想哭。

徐澈的爸爸還是在乎他的。

分開了，還是那麼在乎他的一舉一動，他一直都有在關心徐澈，不敢介入，而是默默地走在他身後看著他，好像這樣就能放心，好像這樣就能觸碰到。

「謝謝你這麼關心他。」我發自內心的說。「沒有辜負徐澈對你的愛。」

「什麼？」大叔的眉頭皺的更深了。

「應該說……你們都沒有辜負彼此的愛。」我居然笑了，有點淒涼，有點悲傷，有點羨慕，還有一點點開心。

為徐澈感到開心。

忽然門外傳來遠遠近近的吼叫，模糊不清，但聽得出來是男生的嗓子，到後來甚至傳來門板的撞擊聲。大叔沉陰的瞳孔捲起一陣狂風大雨，他憤怒的瞪著我，嘴角抽動著。「真搞不懂為什麼喜歡妳這種人。」

「哪種？」任誰都聽得出他話裡有多酸，我當然知道他想說什麼，但還是問了，如果這時候閉上嘴巴才真的輸了。

還沒得到答案，門「碰」的一聲被狠狠撞開，徐澈的髮絲因為汗水黏在一起，氣喘吁吁的樣子一定是費了好大一段功夫才找到這裡來。他上上下下打量我，最後視線落在我後腦杓凌亂的頭髮上。

「你打了她嗎？」徐澈指向我，手臂因憤怒而用力顫動，青筋微微浮出白皙的皮膚。

大叔沒有看他，語氣輕的毫不在乎似的。「有什麼問題嗎？」

「靠！你自己亂發神經就算了，不要老是把裴流蘇牽扯進去！她哪裡惹到你了！」徐澈大聲咆哮。

「我做事沒有原則，向來都是跟著心情走的。」大叔冷笑了下。

「你……」

「既然你都來了，那麼就把裴流蘇同學帶回去吧。」他打斷徐澈的話，伸手擺了擺。接著對我微笑道：「今天和妳聊得很愉快，希望之後還有機會聊聊。」他的笑容幾乎沒有溫度，宛如已經降到冰點的空洞。

他離開包廂時終於望了徐澈一眼，僅僅是短短幾秒的一瞥，我都明白那樣的眼神裡有多少的失望與悲傷。

「還好嗎？」他問。

沒有回答，我凝視著徐澈緊繃的臉龐，額角豆大的汗珠滑落至下巴。他眼睫顫抖著，彷彿一眨眼我就會消失不見。

我想起徐澈曾經說我一點都不喜歡熱鬧，可是後來我才發現，我只是習慣一個人，習慣沒有人打擾的空間，習慣大家都離我遠遠的。直到他闖了進來，無論我有多排斥、對他態度有多差勁，他待下來了，在我的世界裡。

「妳媽很擔心妳，到我家來找我，問我知不知道妳在哪裡。」他又說。

「嗯。」

「她現在在我家，等等妳也跟我回去。」

「嗯……我等等會接我媽回家。」我背上書包，迴避徐澈的目光。

我們之間總是很容易陷入沉靜。

然而他卻抓住我的肩膀，強迫我直視他的雙眼。可是不行，我辦不到，一旦撞上他的眸子我就會心軟、無論他說了什麼我都會點頭。

「裴流蘇，看著我。」他命令道。「我會保護妳，妳只要相信我就好，這樣，很難嗎？」

我緊抿著唇，眼淚流了出來。「你知不知道，今天你保住了我，也許明天有危險的人就會是我媽了？」我深吸了一口氣，哽咽道：「你沒辦法一次救兩個人，同樣的我們之間也是啊……」很想大吼，到最後眼淚卻模糊了一切，變成含糊不清的用力。

徐澈不能一次救兩個人。如果他選擇走向我，就必須永遠放開鄧雨莐的手，而不是在她苦苦哀求之後重新抓穩她。感情原本就很難兩全的，我、徐澈、鄧雨莐、李佟恩，我們四個人之中必定會有人受傷，也是必須有人犧牲自己的幸福去成全別人。

我也好喜歡徐澈呀，喜歡到想和他走，走去天涯海角，不管要去哪哩，只要那個地方也有他。

喜歡到，願意把青春，都給他。

Chapter 06

決定走了的人，就做好了再也不回頭的準備。

「對一個大半夜四處找妳的人，妳是這樣的態度嗎？這就是妳的感想？」徐澈瞇起眼睛，憤怒、失望、悲傷，在他眼裡錯綜交織。

我別過眼，那樣的畫面太令我難受。抹掉眼淚，我說：「我不能同時傷害兩個人，我辦不到，如果是你和李佟恩，那麼，我會希望那個被我傷害的人是你。」

「什麼？」像是被重重打了一記耳光，徐澈不敢置信的瞠大了眼。

「因為有多痛記憶就有多深刻，我不想被時間沖淡，我要在你心裡停留很久很久，即便我們不能在一起。而我也是，我的心裡會一直有你，就算這麼做只是突顯了我的自私。」我笑了，終於肯對上他的雙眼。「而且你會好起來的，你一定會好起來的。」

我們的影子會在彼此心中駐留很久很久，時間久了，你還是一樣會用懶洋洋的聲音和我說早安，會躺在樹下睡覺，會坐著那些平時會做的事情，生活回歸正常軌道，只是，當一切靜止、沉澱的時候，偶爾偶爾，我們還是會想起這段橫衝直撞的青春，但，就只是想起而已，不會有特別的情緒激動，不會哭，不會難過。雖然會有小小的遺憾，關於青春。

徐澈哭了，滂沱的大雨從他眼睛裡湧出，他抬起左手捂住自己的雙眼，不讓我看見他流淚的模樣。

我想擁抱他，但往前跨出一步的那瞬間，他彷彿也有了預感，往後退了一步不讓我靠近。我的胸口好像被人用力搗了一拳，一股噁心的感覺竄至喉間，我難受的緊抿雙唇，想說些什麼，卻又不知道該說什麼，千言萬語梗在喉嚨間，最後剩下慌亂與不知所措。

「對不起。」最後我只能擠出住三個字。

徐澈往臉上胡亂抹了一把，眼淚濕了滿臉，他細長的眼睫毛黏在一起，晶亮晶亮的，閃痛了我的眼睛。

他笑了，嘴邊掛著一絲苦澀，還有好多好多的失望。「為什麼要對不起？因為妳沒辦法信任我嗎？」

「你不要這樣……」

「為了妳我可以竭盡所能保護妳，可以不顧一切奔到妳身邊……這樣，對妳而言難道全都只是理所當然嗎？」

「你為什麼要這樣想？」像縫在衣服鈕扣上的細線，我的聲音緩又輕的被拉出，眼淚朦朧了徐澈的身影。我好想看清楚，可是越是抹掉眼淚，他的輪廓就越不清晰，好像離我越來越遠、好像我們是不同世界的人。

「因為妳給我的感覺就是這樣。」他悲傷的說，然後轉身離開。

徐澈，你明明知道我的個性啊。

你明明知道我最不擅長的，就是表達自己的情感了，我是真的真的很喜歡你啊。

我憤怒又傷心的瞪著徐澈的背影，我要他轉過身時看見我的眼淚，這樣他會心軟，他會明白我現在有多難過，然後我們可以跟以前一樣好好的，笑笑的。

可是，我忘了。

決定走了的人，就做好了再也不回頭的準備。

一直到下一個路口、一直到他的背影縮成一個小黑點然後消失，他都沒有轉過頭來。

我蹲下身，哭得不能自已。

*

考完段考之後，迎來高中以來度一個暑假。第一週是我好好放鬆的時間，媽也將家教課排開，第二的星期再開始上課。我們搭乘火車到花蓮玩，選定一間評價不錯的民宿，拉開窗簾，幽藍的大海映入眼簾。

我靜靜凝望著藍海，回想高一這一年來，像是夢一般，許久，我感覺自己全身輕飄飄的，失了重一般，浮在水面上。

「流蘇，等等要不要出去走走？到附近繞一繞，不要一直待在飯店。」媽問。

「嗯。」我應道。

我還是會想念徐澈，但我明白現在該做的的是默默的站在他背後，然後讓時間把多餘的情感沖淡。不過，參加攝影社的他，不知道相機裡都拍了些什麼？照片拍得如何？都拍人像還是風景照？啊，忘記問他為什麼假日還要穿校服了。

原來人生真的有好多來不及，曾經想知道的答案如今卻再也沒有機會問出口了。

＊

高二分組之後，從我們這屆開始要拆班底，學生無論是一類、二類還是三類組，將以S型分班模式重新編班。

我選了第三類組，沒有為什麼，我理科和文科成績都很好，不需要為了逃避數學自然等科目而跑去念文組，說到底，學測還是全部都要考啊。

換到高二教室之後，我們班級離李佟恩的班級近了些，高三通常會在明德樓，而明德樓與志學樓有走廊連接，距離相當近，於是我下課經常跑去找李佟恩，讓全世界知道我們走的很近。

很近很近。

真的。

「裴流蘇喜歡李佟恩。」坐在我旁邊的于晴笑嘻嘻地對我說。我看不透她的笑容是真是假，抑或是話裡的意涵是什麼，我唯一能確定的是，這句話不是問句，而是肯定句。

裴流蘇喜歡李佟恩？

這才是問句。

問我自己。

*

那天午休剛剛結束，才走出教室，手臂就被人拉住。

「有事嗎？」我冷聲道。

鄧雨莸唯唯諾諾的樣子讓我看了很不舒服，加上天氣炎熱，心神浮躁，我不耐煩地撥開她的手，朝廁所的方向走去。

旋開水龍頭，清水嘩啦嘩啦流出，我兩手手心向內拱起盛接，往臉上潑。伸手往臉上抹了一把，將水滴隨意抹去，回憶忽地湧上。

「要毛巾嗎？」

「妳好像很討厭我。」

「妳就像流蘇花一樣。」

「流蘇，妳將會是，也必須是。」

他說著話的樣子、嘴巴開闔的大小、眼睛裡滾動著的感情……好多好多影像在腦海裡交互竄流，耳邊全是他的聲音，嗡嗡的來回震盪。

「嗚嗚……」

我捂住臉，彷彿這樣就沒有眼淚。

「妳到底想幹嗎？我已經放手了，剩下的事情跟我無關。」

回到教室後，鄧雨莌再次出現在門口。我面無表情地看著欲言又止的鄧雨莌，心口彷彿有一小角被慢慢抽空。

「不是的，流蘇，不是這樣的。」她拉住我，見我冷冽的眼神，又縮了回去。

我看著她，她想講，開口的同時卻又把話吞回去，支支吾吾說不出個所以然，經過的人不知道還以為我在欺負她呢。

「沒事麻煩離開，沒記錯的話，你們的新班級好像在前面那一排？」我挑了挑眉，故意著麼說。

「等、等一下！」她喊出聲來。

背對著鄧雨莌，我滿腦子都是以往她對著我笑、和我搶早餐、擔心我、關心我、幫助我的那個單純女孩，我害怕轉身，怕我一轉身面對現在的她，過去美好記憶將全部被現實粉碎。

「流、流蘇……那個……那個……」我聽見她用力吸了口氣，接著道：「拜託妳救救徐澈。」

「什麼？」我困惑地轉頭。

「徐澈他、他現在每一堂課都不在教室裡，一開始我不知道他跑去哪裡，一直到……直到……」

「直到什麼？」我一急，大聲問。

「直到昨天我看到他的筆袋裡面，有一包香菸……」

「香菸？」

鄧雨莯點頭如搗蒜，緊抿著嘴，面色難看。

可是我為什麼要相信她？

「他不會的。」我搖搖頭，沉下臉說：「鄧雨莯，妳不要騙我了，玩弄我並不會讓妳得到什麼成就感。」

她猛地抬起臉，瞠大眼睛，「流蘇，妳要相信我，我沒有騙妳，我、我說的都是真的！」

我用力甩開她死死攀住的手，瞇起眼問：「憑什麼要我相信妳？」胸口一陣劇痛燒至喉嚨，我忍住襲上心尖的痛苦，一字一句清清楚楚地道進她耳裡：「就是因為相信妳，我才知道什麼叫做欺騙，什麼叫做利用。」

無視鄧雨莯眼角含著的的淚珠，我頭也不回地離開。

離開，去那兒？

流蘇樹經過暑假工友伯伯的修剪，遮陽效果大減，枝頭上已經沒什麼樹葉了。我躺在一年四季都綠油油的草地上，刺刺微麻的感覺在皮膚上摩娑，夏風吹拂，拂來一陣熟悉的味道。

「怎麼在這？」一股熱氣逼近，我沒有躲開，天知道我有多想永遠被這樣的感覺包圍。

「靜一靜。」我淡淡地說。

「妳……也開始翹課了嗎？」徐澈問，聲音懶洋洋的，接著他躺下，就在我旁邊。

我沒有注意到他話裡的不尋常，方才和鄧雨莯講過話，心情煩躁得很。

「你不氣我嗎？」我問。

「氣妳什麼？氣妳最後仍然沒有選擇我嗎？」他慵懶的笑容在唇角漾開，「放心吧，妳會選擇我的。」

我忍不住皺眉，「什麼意思？」

「妳會知道，我才是那個必須被救的人。」

我不知道自己究竟發呆了多久，但徐澈說的話一整天都在腦海裡迴盪，像大笨鐘，敲下一響，回音無限，最後只剩嗡嗡的聲響，更顯得空曠虛無。

*

「老師要我去油印室搬考卷，妳先去打掃，結束後到後花園等我，我有事情要跟妳說。」李佟恩笑了笑。

「不如我和你一起去油印室吧？兩個人一起搬可以減輕負擔。」我提議。

「妳要去打掃。」他笑嘻嘻地說，「我知道妳不喜歡和一群人一同做事，但是未來上了大學、甚至是出社會工作，一定還是會碰到必須分組完成的功課，現在就慢慢習慣、慢慢適應這樣的生活，嗯？」

我噗哧一笑，「該不會你等等就要說：『乖喔，做好的話，給妳一根棒棒糖！』之類的話吧？我又不是小孩子，可不吃這一套的。」我伸出食指在他眼前搖了搖。

「哈哈哈哈哈，流蘇愈來愈可愛了呢。」他揉揉我的頭髮，「好啦，快去打掃了，我要去搬考卷啦。」說完，李佟恩便往反方向離去。

我領著班上其他七位同學到指定掃區，操場圍牆旁總是有很多落葉，我們拿著竹掃把、畚箕和兩個大垃圾袋，必須在二十分鐘之內將所有落在地上的枯黃葉子一掃而空。

走沒幾步，我倏的停住。

我用力揉了揉眼睛，一次、兩次、三次……我告訴自己這不是真的，也許是我午休時間沒睡飽，現在才會眼花撩亂，才會、才會以為——

徐澈在抽菸。

不像老成的成年男子或是上班族一連串吞雲吐霧的動作順暢，徐澈和平時在校內校外招搖惹事的人混在一起，吐菸的樣子還很生疏，偶爾被濃濃的味道嗆到，引來周圍人群的笑鬧。

時間彷彿靜止了一樣——所有行走的人、來往的車輛，太陽光的閃爍和雲朵的飄移……一切都停止了。

剩下嘴裡叼著菸的徐澈，穿過人群與我四目相接。

「妳會知道，我才是那個必須被救的人。」

徐澈前幾日說過的話竄進腦裡，發瘋似的燃燒，將我寥寥無幾的思考能力燒成灰燼，煙味燻的我十分難受。

然後，他笑了。那笑容裡摻近了太多太多我數不清的複雜情感，悲傷、痛苦、憤怒與不甘……而我明白都是因為太愛了，才會如此無法自拔，才會迷失方向，繞錯了路。

可是那瞬間，我好生氣、好失望，卻又更想哭，心臟縮成一團小肉球，好像有個人正用力捏緊它，疼的我喘不過氣。燃燒過後，腦子一片空白，什麼反應都做不出，我不知道現在該對他發脾氣，還是任憑眼淚掉落，告訴他我不希望看見這樣的他。

連說話都忘記該如何啟齒，我張口，卻什麼都說不出來，像是個剛剛睜開眼睛的小嬰兒，面對這世界，感到驚慌失措，無從應對。

「流蘇，拜託妳救救徐澈。」

鄧雨莐沒有騙我，是我不願意再相信她而已。

她怎麼會騙我？

為了徐澈，鄧雨莐不可能對我說謊的，為什麼我沒有想到這點呢？

「喂，徐澈，你傻笑什麼啊？」一個染金髮的男生問，順著他的目光朝我看來，「你馬子？」

我蹙眉，差點沒把手上的竹掃把往他臉上扔。「不好意思，這裡是二年四班地掃區，請你們馬上離開。」見他一臉不屑，我繼續說：「整天只會抽菸鬧事，一副老子有錢，長大之後還不是只能當啃老族不斷向家裡開口要錢，說穿了政府到底為什麼要養你們這種人？簡直浪費資源。」

「裴、裴流蘇，你不要跟他們面對面起爭執啦，會被揍的。」于晴扯了扯我的衣角，小聲道。

我不耐煩地拉開她的手，「不關妳的事，不要一直黏著我。」

果不其然，金髮男將手上的煙扔到地上踩熄，表情輕蔑地上下打量我，一步一步朝我逼近，握緊拳頭就要揮過來。我還愣在原地來不及閃躲，被于晴這麼一分心，我只能迅速閉上眼睛，準備好忍受一個重擊——

「啊啊啊啊——」

是我在叫嗎？

我小心翼翼地張開眼，摸上臉頰……沒有，沒有感覺，什麼都沒有。

「不准動她，聽見沒有？」

隨著聲音我側過頭，就在我旁邊而已。徐澈跨坐在金髮男身上，將他雙手反壓制住，痛的金髮男哇哇大叫。

「放、放開，快放開我啦！」金髮男大吼道。「喂，你們幾個愣在那邊做什麼？還不快點給他一點教訓！」

圍在一旁的不良少年少女瞬間蜂擁而上，將眼前的兩人團團圍住，衝擠中閃著金屬刺眼光芒，我一驚，嚇得倒退幾步。

「于晴，我、我們去報告教官，快！」我驚慌地抓住她的手腕。

于晴怔愣了下，隨即應道：「好。」接著吩咐其他打掃同學不要躺這渾水，看緊他們，別讓這群人跑了。

而此時我已經飛奔到操場中央，還繼續跑著，我怕我一停下腳步、稍微耽擱一些些時間，徐澈的命就會保不住。

是刀。

那些人手中拿著的，是刀。

*

我在教室裡坐立難安，冷氣開的再強、溫度再低，都無法將我心中的暑氣退散。

「不要擔心，我們下課再一起過去。」于晴拍了拍我的肩膀，要我專心上課。

可是我怎麼可能放心，我、我是真的很害怕。

如果剛才我沒有去激怒那些人、沒有故意讓他們難堪，是不是就不會發生這種事了？

都是因為我多管閒事，都是因為我愛出頭，才會讓身邊這麼多保護著我、陪伴著我的人一個個受傷。

喜歡一個人，原來就擁有著想要保護對方的決心。當初徐澈就是這麼想的，我不是不相信，而是不能接受，他要保護的人太多了，而我還有李佟恩，我……

我是個差勁的人。

想到最後，腦袋打成一團死結。說穿了，我明明喜歡徐澈，明明想留在他身邊，卻又為了另個男孩的心情著想，擔心他、害怕他受到打擊，並且對他存著很多很多的感謝和抱歉，最後我選擇騙自己，將它們歸類為「愛」，離開徐澈，來到李佟恩身邊。

我認為那對大家都好，可是，我好像錯了，一直以來，我認為的「好」都只是對自己，然而於其他人而言卻是一種無形的傷害。

「不要再多想了，不會有事的。」于晴擔憂地看著我。

我扯出一個應該很難看的笑回應她。

沒事嗎？

我也想這麼相信著。

*

當時在場的同學被老師一同帶到警局作筆錄，結束後，我和于晴立刻趕去醫院，那時已經晚上八點多了。我和于晴在醫院裡大步跑，不管身後有多少護士、醫生喝斥我們不要在醫院奔跑。我們穿越重重人群，最後停在手術室外。

過了那麼久，再嚴重的傷患傷勢情況、急救狀況都該有結果了，可是我還是跑到這裡來，就好像偶像劇裡的情節都要跑過一遍，接下來才迎接結局。

回頭的時候，我看見媽。

「徐澈沒事、他沒事，只是……」媽神色有些難看，欲言又止的模樣讓我更加著急。

「他怎樣了！」於是我吼了出來。

「那孩子……他……」媽嘆了一口好長的氣，咬了咬下唇，才說：「必須經過很長一段時間的治療。」

雙腿一軟，我瞬間失去支撐的力氣，整個人跌坐在地上。于晴上前來想要攙扶我，而我卻甩開她的手放聲大哭。

「都是我、都是我不好……」眼前一片模糊，世界全被攪和在一塊兒。

「妳不要這樣……」于晴好像也很難過，聲音聽起來有點哽咽。

「于晴妳難過什麼……妳難過什麼！妳跟我很熟嗎？跟他很熟嗎？妳又知道什麼了？」我吼她，眼淚撲簌簌的滾落，「妳幹嘛要一直跟著我，我很討人厭。」

「不要這麼想，我知道妳是善良的女孩。」于晴很有耐心的應道，「先起來，我們到旁邊的椅子坐下。」

媽到醫院對面的便利商店買吃的東西，空蕩蕩的手術室外頭剩下我和于晴兩人，偶爾幾個護士經過而已。

「好點了嗎？」于晴問。

我狐疑的看她一眼，「妳對他到底……」

「拜託，不是妳想的那樣，我對徐澈沒有男女情愛的那種情愫。」她抬手制止我的胡說八道。「徐澈是我的國中同學。」

「真的假的？」

「嗯，他國中的時候就常常翹課，但是功課卻出乎意料的好，所以沒什麼老師會管他，而他會選擇明和高中也不是沒有原因的。」于晴輕輕嘆了口氣。

「什麼原因？」我追問。

「他媽媽和爸爸是在這裡相遇的。」

我一驚，背脊爬上一陣冰涼。

「不過徐媽媽後來認識了另一個學長，兩人陷入熱戀，可是大學之後，那個學長讓另一名女生懷孕，後來徐媽媽跟他就再也沒有聯繫了。」

「然……然後呢？」我幾乎是抖著聲音問出口的。

「徐澈的爸爸一直很喜歡徐媽媽，當時他放棄了更好的學校，填了和徐媽媽一樣的大學，在徐媽媽情傷的那段日子陪伴著她，兩人畢業之後沒多久，就結婚了。」于晴兩手一拍，面容陶醉地說：「好浪漫，真希望我也能遇到像徐爸爸一樣的男人。」

我笑不出來，原來我和徐澈之間的巧合不只如此。

上一代交錯的感情，牽扯進我們兩人中間，於是我們在錯綜複雜的情感裡頭找不到支撐點，本該維持平衡的天秤東倒西歪。

「那後來呢？」我強迫自己擠出聲音問。

「後來？什麼後來？後來徐爸爸、徐媽媽，從此過著幸福快樂的日子啊。」

後來我才知道，原來有些人的故事，在別人眼中只停留在美好的那段時光，他們看見男女主角兩人幸福甜蜜的樣子，卻沒見過他們爭執分離的畫面，就像童話故事的結局永遠都是男女主角結婚，卻沒人想過也許幾年後這段婚姻便分崩離析。

那，後來呢？

裴流蘇的爸爸和徐媽媽相遇，兩人舊情復燃，再度墜入愛河，拋下小流蘇和媽媽，遠走高飛。

這就是故事的結局。

令人不忍翻開來的片段。

*

第一次段考考完的那天下午，我和李佟恩前往公車站牌等公車，他今天難得沒有騎腳踏車來上學，理由是好久沒搭公車了，懷念國中搭公車時被擠來擠去的感覺。

「你有什麼毛病？」我翻了一個白眼。

李佟恩大笑，「我這是老人的概念，懷念以前了。」

「是啊，」我想也沒想的脫口，「我也是。」

「抱歉。」

「什麼？」

李佟恩眼睛裡灰濛濛一片，他低頭，歛起笑說：「流蘇，我一直明白妳其實並不喜歡我，但我不能沒有妳……」

「李佟恩……」

「拜託妳，無論發生什麼事情都不要離開我好嗎？」他懇求的目光在我眼裡索取答案。

我一時無語，不知道該如何面對眼前如此脆弱的男孩，只能點點頭，「我不會離開你的。」然後給了他一個，說出口就會心痛的答案。

紅燈亮起，車子緩緩停下，當我正望著紅光出神時，李佟恩低沉的嗓音打斷我飛揚的思緒。

「流蘇……不知道妳還記不記得，徐澈出事的那天……」他抿了抿唇。

「你怎麼知道他出——」

「流蘇，妳還記得那時候我們做了什麼約定嗎？」

「什麼約定？我只記得你去了油印室。」

車子開始移動，不平的柏油路讓公車在行駛間不斷震動搖晃。我看見李佟恩眼角閃著水光，深沉的悲傷從眼裡甩出。我的心像是被抽空一樣，冰涼的空氣猛地灌入，一點一點刺痛著肌膚……

「老師要我去油印室搬考卷，妳先去打掃，結束後到後花園等我，我有事情要跟妳說。」

溫柔的聲音竄進腦海裡，我突然想起李佟恩說這話的時候眼裡是充滿期盼與欣喜的。

他肯定等了很久很久。

濃濃的愧疚湧上心頭，隆起一端烏雲般難以忽略的痛，可是我明白，再怎麼痛怎麼苦，都比不上李佟恩這樣漫長的等待。從他眼中翻騰的情緒，我知道，那時候他有多心急、多失望、多落寞，而那些我都經歷過……在徐澈身上。

一樣東西，你放了多少感情進去，就抱著多少的期待與不安。

「對不起……」我小聲地說著。

「流蘇，妳知道認識徐澈之後，妳對我說過幾遍『對不起』嗎？」李佟恩露出苦澀的笑容，眼角依舊掛著淚珠。

好刺眼。

「對不——」

「夠了，流蘇，」他抬起手阻止我繼續說下去，「不要再道歉了，妳沒有做錯什麼。」

「可、可是你很難過……」我一慌，竟開始口不擇言。

我聽見他輕輕笑出聲來，「因為同情我，所以表面上接受我嗎？為什麼要讓我看起來這麼可憐又可悲？」

「不是這樣子的！」我一驚，連忙搖頭。「李佟恩，我、我喜歡你，是真的。」

他皺起眉心，苦笑說：「如果是真的，妳不會對我感到抱歉，更不會一直道歉了。妳只是想緩和罪惡感而已，不是嗎？」他說，帶有內疚的愛不是愛。

心像被狠狠挖空了一半，公車在這時候靠站。李佟恩收起笑，嘆息聲輕得宛如冉冉升起的煙霧，迷濛了我的視線。他刷了悠遊卡，下車前沒再對我說一句話。

那時候我才知道，原來一個人的世界，是這麼容易塌陷。

我緊緊咬住下唇，眼淚不可抑制的落下。為什麼哭？因為李佟恩完全說中了，他總是如此了解我，永遠懂我心裡的想法，即便我什麼都沒說。

抬手抹掉眼淚，在別人眼裡我一定像是剛剛被甩了的失戀的人，為凋零的愛情哀悼。

可是沒有。

既然我的愛情不曾開始，又該從何處凋零？

「流蘇，今天我要去醫院看一下徐澈，晚餐妳可能要自己處理了。」媽一面整理包包，一面像我交代。

媽對徐澈向來是對自己孩子那般疼愛有加，而這無非是他對我們有恩。人都是這樣的，誰欠了誰人情，又誰向誰伸出了援手，沒完沒了。

我不知道這樣的日子要持續多久，但我明白我必須忘掉徐澈，即便我清楚他有多不好，可是情況再糟也都不能與李佟恩相比。

*

大概吧。

前陣子于晴跟我說，她在社團同學那裡耳聞李佟恩近來面無表情，說話音調沒有絲毫起伏，而且經常發脾氣。上次有位學妹在社辦不小心打翻了水，李佟恩大發雷霆，還罵她為什麼不乾脆退社。但卻也有人說，李佟恩打掃時間會跑去社辦的後陽台，邊哭邊笑，跟瘋子一樣。

雖說傳聞總是不能聽全滿的，但多少有些事實。我想去找他，可我拿什麼臉去找他？是我讓他變成這樣的。

他能看穿我，他完全了解我，我的一舉一動、說的每一句話、每一個音節，他都看在眼裡、收進心底，從來不說。即便我的自以為是傷害了他，他也完全包容，直到再也無法忍受，才主動推開我。

「媽，替我代個話給他。」

「給誰？徐澈嗎？」

「對。」

媽猶豫了下，「流蘇……也許妳該去看看那孩子了。」

「什麼？」我愣住，一股不安的感覺爬滿全身。

「我是說，妳想想看，徐澈的家人不在台灣，又沒有什麼特別要好的同學，他心裡最牽掛的應該是妳，一定很希望妳能去探望他。」媽一字一句說的小心。

我想了想，總覺得媽似乎在暗示著我什麼，但卻又隱隱藏著不讓我問出口的信息，於是我沒再想下去，連身上的制服都還沒換下來，和媽一起出門了。

推開病房房門前，媽停下腳步，轉過身，神色緊繃且嚴肅的說：「做好準備，不要露出任何訝異或是驚恐的表情，這樣會讓人難堪的。妳先進去，我待會再過來。」

我訥訥的點頭應好，腦袋一片空白，木然的推門而入。

「妳……」徐澈望像我的眼神是那麼的陌生。

「你、你還好嗎？」我擠出笑容，掩蓋驚慌失措的情緒。

徐澈左腳打上石膏，右眼被白色紗布蓋住，唇瓣的顏色不如以往紅潤，嘴邊甚至留下結痂的傷口及墨綠瘀青。

那些傷痕暴露在病房亮晃晃的白燈下，胸口一陣陣悶痛傳來，我難受的快要站不住腳，就在我雙腿發軟的時候，他說了話——

「同學，妳還好嗎？」

*

徐澈失憶，是我這輩子沒想過會發生在他身上的事。

「不要難過了。」于晴拍拍我的肩膀。

我抹掉眼淚，沒有吭聲。

「誰都沒料到會發生這種事。」她又說。

「他忘記我了……再也記不起我了……」

回憶一下子湧上，我克制不住的哭了起來。現在誰都離開我了，李佟恩是，徐澈更是。

那天發現徐澈忘記了我後，雙腿不由自主地拔腿就往外面衝。在那裡我待不下去，令人無法呼吸的地方，一個我與徐澈歸零的地方。

「流蘇，其實上次我還沒說完。」

「嗯？」

「那天在醫院的時候呀。」于晴露出溫柔的微笑，「我一直想告訴妳，是妳改變了徐澈，他若沒遇見妳，恐怕現在會是欺負人的那一個。」

「我什麼都沒做……」

「有沒有做什麼我是不知道啦，我想這個只有他最清楚妳為他帶來了什麼。或許當妳走進他的生命中，對他來說，就是種救贖。所以我希望流蘇妳可以繼續陪在他身邊，好嗎？」于晴伸了個懶腰，「對我們這年紀的人來說，喜歡就是全世界了，還有什麼比與喜歡的人在一起更幸福的事呢？未來會遇到怎樣的轉捩點沒有人會知道，但現在就已經足夠我們花上一輩子的時間去期盼了。」

我聽著于晴雲淡風輕的說著，緊抿著唇，突然覺得好無力。

「流蘇，會害怕是正常的，但妳要勇敢。」她側過頭看向我，眼裡堅定得不容我退縮。

是呀，總是有我必須一個人勇敢的時候。

徐澈不在身邊的時候，連李佟恩都離開我的時候。

我想，勇敢，就是用在這種時候吧。

「裴流蘇！」一個耳熟的嗓音傳來。

鄧雨莐瞠大眼睛，淚眼汪汪的質問我：「妳到底要把徐澈害到怎樣地步？我聽說他失去記憶了！因為妳！」

「鄧雨莐，妳不要含血噴人，徐澈會變成這樣和流蘇一點關係都沒有。」于晴起身擋在我面前。

「怎麼會沒有？要不是她跟那些混混起衝突，又怎麼會牽連到徐澈身上？」鄧雨莐滿臉是淚，「我早就該知道妳只會把事情越搞越糟！我怎麼會相信妳這婊子！」

啪！

望著鄧與莐白皙的臉頰上逐漸浮起的淡淡紅印，我的手心卻一點感覺也沒有。沒有疼痛，沒有麻痺。

「因為我不像妳，一遇上問題就統統推給別人處理，最好是能善後的，最好是那種願意默默付出的，這樣錯了就是別人，成功了功勞便能攬在自己身上。」我冷笑一聲，看著她的眼神沒有溫度。「這樣『處處用心』的生活……鄧雨莯，妳不累嗎？」

沒想過我會如此反擊，鄧與莯眼淚撲簌簌的落下，蹲在地上嚎啕大哭。

可我也一樣難過，我沒有比較好。

她不會知道，看見徐澈躺在病床上狼狽的模樣時，我的心像是被人千刀萬剮一般難受；她不會知道，當我接收到徐澈陌生的眼光，整個人彷彿被世界掏空，幾乎要窒息；她也不會知道，徐澈的那句問候，宛如一場停不下來的雨，把我們的回憶都給浸濕。

她不知道的事情有太多，而那些，卻同時是我用盡青春努力守護，而今破滅的。

＊

今天我一樣要去醫院探望徐澈，不管他看著我的眼神再陌生、再不熟悉，儘管他忘了我，我都要想盡辦法讓他想起來。

啊，想不起來也沒關係，但我會讓他知道他對我來說有多重要，曾經他是包容怎樣的我、保護我、疼我、引領我，以前徐澈是怎麼對我的，如今我將加十倍、百倍對他好。

我會好好愛他。

「可是，是不是人都是這樣，失去了才能真的看清？」我吸了口奶茶。

「是啊。」趙姍姍學姊毫不猶豫地應道，「也算是一種歷練吧，雖然我對他的了解並不多，但看妳煩惱成這樣，我可以想像他對妳有多好。」

考上大學後的趙姍姍學姊在Facebook上找到我並寄出交友邀請，我們因而有了聯繫，偶爾會像現在這樣出來喝杯飲料、談談心。

「真的很好。」我說。

「那李佟恩呢？他怎麼辦？」她讀出我驚訝的目光，擺擺手道：「他在學校名聲不算小，我多少聽過你們的事情啦。」

我點點頭，「我不知道，和他很久沒見面了。」

「他現在一定過得很不好。」

「咦？」

「妳想想，一個對妳這麼癡情的男生，怎麼可能說放就放？不要說失戀的女孩子狀況有多淒慘，像李佟恩一樣心思細膩的人，情況不會好到哪裡去。」趙姍姍學姊啜了口花茶，「只是要不要讓妳知道而已。」

「我常常為他們兩人感到糾結。」我嘆了口氣，攪拌著杯裡的冰塊。

「雖然說選擇自己所愛的人是最好，但如果傷害到其他人，我覺得……」

「覺得？」

「就需要考慮一下了吧。」她扯扯唇角。

見我困惑，趙姍姍學姊才又說：「每個人的愛情都是用另一個人的失去換來的，只是不能傷太重……妳懂我意思嗎？我是說，要儘量把傷害降到最低。」

把傷害降到最低……

徐澈和李佟恩之間……

在他們之中做出傷害最少的選擇……

「流蘇，我表姊曾經告訴過我，每個人一出生就有自己的定位了，妳有妳該做的事、該待著的地方，別說妳的人生不受命運支配了，從妳來到這個世界上的那一刻起，就是讓命運控制的了。」她噘起唇，眨了眨眼說：「除非妳像我表姊一樣，運氣夠好，老天爺眷顧她，她才能走到她愛的人的身邊去。」

我聽得目瞪口呆，頓時不知道該回些什麼才好。

「說這些並不是阻止妳試著去闖闖看，只是，也許在妳千迴百轉之後，還是會回到原來的定位。」

Chapter 07

再多道歉都換不回過往的一片真情相待。

徐澈身上的許多傷口都在慢慢復原當中，而今天我也聯絡上徐澈的爸爸，要他來醫院探望徐澈。

一開始徐爸爸很生氣，而我以為他是氣我連累徐澈，然而他說的下一句話卻讓我訝異得說不出話來——

「沒用的小子，沒那能耐還想保護喜歡的女生，他媽都快回台灣了還搞不清楚狀況，愛惹事生非。」

「我……我很抱歉。」我低下頭。「你剛剛說，徐澈的媽媽要回來了，是真的嗎？」

徐爸爸橫我一眼，「代表你老爸也要回來了。」

比起以往，徐爸爸的戾氣減少許多，大概是站在悲傷面前，是人都會變得脆弱吧。

「你準備好要跟他說話了嗎？」我手壓在門把上。

他眼睛微微瞠圓，「嗯。」

迎面而來的是徐澈單純清澈的雙眼。

「你好。」徐澈打了招呼。

徐爸爸不太習慣的擰起眉心，拉了張椅子坐在床邊，盯著徐澈腳上層層包覆著的厚重紗布不發一語。

「他是你爸爸。」我開口道。「我……我是上次來看你的那個女生。」

「落荒而逃的那個。」徐澈點點頭，「妳說他是我爸爸，對嗎？」

「……對。」

「好久不見。」

「咦？」我不由的小聲驚呼。徐澈……難道徐澈對他有一點點印象？

「嗯……確實好久不見了。」徐爸爸不自然的轉轉眼珠子，「但你應該更久沒見到你媽媽了。」

「我現在誰也不記得，少跟我說些好像我理當知道的事情。」徐澈挑挑眉毛，孩子氣的甩過頭，墨黑的眼球卻流露出黯然失望。

望著徐澈，我想，在經歷過那麼多事情以前，他應該就像現在一樣，單純、晴朗、無雨，可以因為小事而開心，也可以為了微不足道的事情而難過掉淚。不需要擔心或顧慮太多，更無須為了我而處處奔波，然後換回一個我無情的推開與轉身。

對於某些人而言，失去記憶就像重新活過一次，他們的世界再次轉動，為自己。

「妳叫甚麼名字？」

「嗯？什、什麼？」我回過神來，發現徐爸爸已經離開了。

「這是妳第二次來看我，應該跟我蠻熟的吧？」徐澈小心翼翼的潤了潤唇，害怕觸碰到傷口所伴隨而來的刺痛。「妳叫什麼名字？」

「流蘇，」我眼眶一熱，「裴流蘇。」

「高一校排第一名的裴流蘇？」徐澈嚥了口口水，「喔，這我有印象，妳坐我前面吧？」

忍住眼淚。

「嗯。」

「在我到校之前放在我抽屜裡的那些作業是妳的，對嗎？」

忍，住，眼，淚。

「嗯。」

他「喔」了一聲，輕吐了口氣，又問：「流蘇花，是春天開的花嗎？」

「裴流蘇，流蘇花是在春天開花的嗎？」

這一次，眼淚不爭氣的突破眼眶，我掩嘴，別過頭，不願讓他看見我掉淚的模樣。

在一個失去記憶的病患前面失態，是一件不算太好的事情。第一，他忘記妳了，不是他的錯，我沒理由怪他；第二，這麼作對他來說無非是種傷害，他會慌張、會害怕、會自責，對現在腦子一片空白的徐澈而言，所有人的眼淚落在眼前，都是一種逼迫。

我蹲在病房門外，腦海裡滿滿都是徐澈方才不知所云的模樣，他不知道發生什麼事情了、我為什麼要哭，但他一定明白，我哭了是因為他的過去，那些，他忘了的過去。

「不好意思，借過一下。」一個成熟女嗓從上方落下。

我想也沒想，擦乾眼淚站起身來，撞上眼前女人的目光時，忍不住瑟縮了下。

「您是……」

「我是雨莌的媽媽。」女人皺了皺眉，「請問是誰把他搞成這樣子的呢？又是誰讓他住這麼……『普通』的病房？」

我愕然的看著眼前的女人，啞口無言。

「雨莌要我來看看他的，她今天要補習，我沒讓她過來。等我辦好手續，會把這孩子轉到大醫院的ＶＩＰ病房去，照顧會比較周全，能康復的更快。」

胸口一陣緊縮，我不由得低下頭，自責的不能自已。

離開醫院後，我和于晴來到公園，坐在盪鞦韆上。傍晚的涼風把我們輕飄的話語吹散在空中，像一只鬆了線的風箏。

「所以妳見到鄧雨莌的媽媽喔？」于晴撇撇嘴。「不過話說回來，那個什麼轉院手續什麼的……我不知道啦，總之，那是外人說轉就能轉的嗎？」

「我怎麼知道，大概是要靠關係吧。妳知道嗎？當下我真的非常難過，我發現我什麼都不能為他做，我只能陪他，卻……卻無法給他實質的幫助。」我垂下眼，低低的說：「別說錢是俗氣的東西了，社會是現實的，有時候錢才能給一個人更好的生活品質。」

于晴沒再多說什麼，我想她也認同我說的話。我們就這樣任由沉默蔓延在我們之間，一點一點侵蝕彼此的淚腺。

「其實我很擔心他。」于晴哽咽說道。「好不容易終於看到徐澈因為一個女孩，人生有了方向，現在卻……」

許是老天捉弄人，見不得我們過好日子。

我們連夕陽都還沒有看，連擁抱都來不及，就失去握住彼此雙手的機會。

我喜歡徐澈。

這不是問句。

是肯定句。

*

某天放學，我坐在公車站牌下的木椅上背英文單字時，一道影子斜斜的壓了上來，我呆愣了一會，接著沒來由的一陣鼻酸，甚至有一股想要逃跑的衝動。

「好久不見。」我吸了吸鼻子，率先開口。

「嗯，好久不見。」

空氣忽然安靜下來，就連以前是怎麼與對方對話，都亂了節奏。

「那個……」

「妳……」

異口同聲的我們被彼此的默契嚇了一跳。不久，一班公車停靠，我沒打算搭這班，我若搭上這班公車，等到李佟恩的臉消失在車窗外，我一定會後悔，還會討厭自己總是逃避，然而到那時候全都來不及了。

「你先說吧。」我說。

「沒關係，妳先。」李佟恩抓抓後腦杓。

我聳聳肩，「好。」

推來推去太浪費時間了，人生有太多時候禁不起我們如此消磨。

「你最近好嗎？」

「不好。」

「嗯，我知道。」我想起趙姍姍學姊說的話。一個重感情的人，傷口不會這麼快痊癒的。「所以對不起。」

在接收到李佟恩責備及不解的眼光時，我連忙接著說：「打從一開始你就知道，和我在一起你並不會比較快樂，不是嗎？你知道我心裡始終住著另一個人，而我正為了這個對你感到歉疚。」

「流蘇，」李佟恩輕輕地笑了，「妳才十七歲。」

我困惑的望向他，我發現這麼久不見，我都還沒好好的正眼瞧過他。

他臉頰白皙，眼窩周圍沒有黑眼圈。身體沒有消瘦的跡象，講話不會有氣無力，眼睛更是明亮、有精神。

有的人選擇隱藏悲傷，拒別人的關心於千里之外，將自己鎖在小小的玻璃瓶裡面，難過的時候一個人哭，失望的時候一個人嘆氣，就連快樂的事情也因為無人分享而消散的無影無蹤。

這是李佟恩。我知道他過的很不好。

「十七歲又怎樣……」我悠悠的開口。「十七歲可以做很多事，十七歲可以保護好多人。任何發生在十六、七歲的事情，一輩子都忘不了。」如同我不會忘記徐澈一樣。

「十七歲的妳也可以選擇傷害別人，不是嗎？」李佟恩說得很輕、很輕。

「不得不說，每個人在愛一個人的同時，都是在傷害著另一個人。」我將英文單字書闔上，「我們無法選擇要不要去傷害人，因為，想要得到自己的幸福，或是想要成全別人……這些，看似無害且理所當然的事情，都會傷人。」

李佟恩沉默了下，像是在思考，這是他讀書時才會出現的表情。

「所以，」李佟恩清了清喉嚨，「妳和他，現在過得好嗎？」

「說真的，我不能給他什麼。」

「什麼意思？」

「李佟恩，我並不想把你當成一個……備胎，你懂嗎？事實上你不是，一直都不是，但如果我在你身邊能夠帶給你什麼，哪怕是微不足道的快樂，一點點，只要你覺得好，我真的願意陪你。」

「那徐澈怎麼辦？」

「他失憶了。」我有些淒涼的說，「所以我才說，我不能給他什麼。」

反倒是鄧雨莌可以給他更好的醫療資源，讓他接受更好的治療，我的陪伴對他來說一點意義都沒有，他不記得我了，一切都重頭來過了。

又是一陣沉默，李佟恩方才思索著什麼的表情又出現了。

開往我回家方向的公車靠站，當我起身時，李佟恩低低的聲音從一旁傳來。

「下學期我要到國外念書，妳願意和我一起去嗎？」

天空忽然飄起毛毛細雨，我開始等，等一個曾經晴朗過的人，回頭說要帶我走。

*

放學後，我跟于晴說要去醫院看徐澈，她先是露出不解的表情，然後說：「他不是……」

「接駁車要來了，到了再跟妳說，掰。」丟下這句話，我匆忙離開。

氣喘吁吁的奔上車，我看了看手錶，從學校這邊搭車到醫院，大約二十五到三十分鐘的車程，可以小睡一下。

當我闔上眼廉，腦海卻浮現鄧雨莌媽媽的面孔，以及她說出的字句，在腦中瘋狂迴盪。像是被人澆了桶冷水，我虛脫似的無力站起，應該要快點下車的，連抬手按鈴的力氣都沒有。

徐澈轉到別家醫院了。

而我還搭上接駁車，要去那間他原本住的醫院。

我瞬間覺得好空虛，就連想哭的感覺都沒有。

麻痺。

我想，我已經對自己這陣子的種種行為，以及發生的所有事情，因為太過於悲傷難受而漸漸失去知覺了。

手機響起，我看著來電顯示「于晴」，忍不住自嘲的笑了笑。

周遭的人都在提醒我，提醒我以前的徐澈已經離開了，現在的他腦子裡什麼都沒有，誰都不記得。而我還躲在時間的空殼裡，等著有個人告訴我這是騙人的。

*

一顆冬紅的青春痘從眉毛上方冒出，不抓會癢、抓又會痛，我皺起鼻子，從小抽屜裡翻出痘痘貼，將皮膚上突起的小紅點貼起。乍看之下，我的額頭與平時一樣整潔光滑，沒有任何異物。

眼球外圍浮起一圈潤紅，加上腫脹的眼皮、明顯的黑眼圈，我望著乾淨的鏡面映出憔悴不堪的自己，生平第一次這麼不想上學。

我想，從徐澈出事之後、媽面對我總是迴避著些什麼時，我就多少知道答案了，但卻因為害怕而一再迴避，跳過任何於我於他都不利的可能，選擇了視而不見，把真相層層包覆起來，以為裝作不知道就不會發生。

要恢復記憶並不那麼容易，又不是演電視劇，隨便一個人、一個動作、一句話，或是一個笑容，就能喚醒過去塵封的記憶。

徐澈也是，他是普通人，除非他擁有比別人更多的幸運。

「流蘇，飯煮好了，到底要不要出來吃飯？」媽的聲音流露著明顯不耐煩。搬離徐澈家後，上家教的孩子們又更多了，為了維持家計，任何報名家教的孩子媽無一不接。

生活是不是正慢慢地回到原點？

我是不是，也該放下了？

*

明明是午休時間，我卻一點睡意也沒有，於是漫無目的的在走廊上遊蕩，不知不覺走到了那棵流蘇樹下。

流蘇樹上開出一朵一朵白色小碎花，偶爾微風輕吹，花瓣便會由梢上飄落下，畫面美的宛如一幅油畫。

如果這時候徐澈也在就好了。

他一定一定，期待這場花雨很久了吧。

我從口袋掏出手機，開啟相機模式，對著眼前宛如下著雪的流蘇花按下快門。

「喀擦」一聲，美好景象就此定格。

下課後我慢慢走回教室，經過鄧雨莯的班級時被她叫住。原本我不想回頭的，但卻還是忍不住想要知道她會說什麼，例如徐澈的近況如何如何……諸如此類的。

還有，我要謝謝她。

「裴流蘇，我媽媽把徐澈轉到好一點的醫院去了。」鄧雨莯說。

這就是鄧雨莯，對於自己家境優渥這件事情總是極其低調，從不炫富。

「我知道，」我笑了笑，「謝謝妳。」讓他接受更好的治療。

前陣子針鋒相對的我們，嘴裡突然蹦出一句「謝謝」，鄧雨莯的驚訝表露無遺。「我……我很抱歉。」

「嗯，我接受妳的道歉。」我聽見自己這麼說。「雖然就某些方面來說，妳沒有錯。」

鄧雨莯，從來都沒做錯過什麼。

「流蘇……」她吶吶的喚我。跟以前一樣。

「每個人都有追求愛情的權利，方式不同罷了。妳的方式是藉由別人的力量來贏得，這也沒有錯，但這就像一場交易一樣，總得失去什麼。」我噙著淡淡的笑，覺得能和現在一樣，靜下心來與她面對面交談，是一件很輕鬆的事情。「得與失，從來不是我們能夠選擇的，因為這些早是已經注定好的了。」

這輩子你將與誰擦肩而過、與誰分開、與誰相聚，最後，又與誰走在一起直到生命盡頭……

從我們出生的那一刻起，便有了定位。

無法選擇，不管在怎麼掙扎，千迴百轉之後，還是會回到原來的位子。

「流蘇，我是喜歡妳的，我是真的很喜歡妳這個朋友，只是接近妳的動機不對，加上忌妒妳能跟徐澈走那麼近、而他總是最在乎妳，心底不知不覺有了一種厭惡，可是直到現在，我還是很喜歡妳這個朋友的。」鄧雨莯愈說，頭愈低，像個做錯事的小孩認錯般。「我不知道怎麼說啦，但是妳那麼聰明，應該懂我意思……那個厭惡跟喜歡是兩個不同事件。」她捏緊手指，看起來很緊張。

我懂嗎？

應該吧。

很久以前，就懂了，只是因為憤怒、因為對徐澈的放不下，我無法泰然自若的面對鄧雨莯，沒辦法在她與我說話的時候，笑著回應她。那時候，任何情感都會被一時的憤怒或悲傷所蒙蔽。

我的心裡同時牽掛著徐澈與李佟恩，我沒辦法放下這兩人，可是，我必須放開徐澈。他已經不在那裡了。

「鄧雨莯，我想見徐澈一面。」接收到的是鄧雨莯不自在的面容，我於是笑說：「這很可能是最後一面了，我只想和他說說話。拜託妳了。」

迎上鄧雨莯不解的眼神，我依舊沒有說出口，那句「最後一面」究竟何意。

再見到徐澈之前，我不想說。

不知道是不想面對，還是只要想起就會害怕……我想他，總之，我很想念徐澈。

*

數不清是第幾次，我從夢中驚醒。

徐澈出事之後，我沒辦法像以前一樣，躺在床上，翻幾個身就能安穩睡去，關著燈的房間一片漆黑，而閉上眼的畫面是無止盡的深沉，睡不著心就會停不下的疼痛，睡著了，卻會做惡夢；睡醒了，心痛卻再一次纏身。

徐澈曾經是陽光，卻又將我推回黑暗。

我想像平時一樣，面對于晴、面對李佟恩、面對鄧雨莐，還有學校老師、同學一樣，還可以笑，話還說的出口，可是每每回到一個人的時候，我卻不知道該怎麼辦，忽然心痛、忽然難過，眼淚就這樣順勢滾下，跌進枕頭裡去。

我想大哭，可自從明白徐澈並不屬於我時，我就不停在為他哭泣了。在他身上，眼淚變得不值錢，彷彿預言著我的愛情不會有幸福快樂的結局似的，或許我早該認命一些，才不會讓自己抑或是身邊的人都走的這麼辛苦煎熬。

「乖孩子，不要哭了。」一道力量撫上我的肩膀，我聽見媽媽柔聲道。

「……媽……嗚哇哇哇——」我嚎啕大哭起來。

「乖、乖，媽都知道、都知道。」媽抱住我，而我也回抱她。

我們多久沒有像現在這樣擁抱彼此了？我不知道，但應該很久了吧。

因為遇見徐澈，許多已經被我遺忘的事情又全都回來了，他像是打開一個時光寶盒，把裡頭的記憶開啟，讓我重新學會如何關心人、愛人，學會如何擁抱。

我感謝他。

感謝十六歲的他給我這麼多。

感謝十七歲的他用離開讓我明白——

他有多重要。

＊

依著鄧雨莐所給的地址，來到那間大醫院，光是醫院建築外觀上，就比我媽之前讓徐澈入住的那間小醫院高級太多了。

鄧雨莐站在大門口旁等我，我小跑步上前，遞給她一份玉米蛋餅和一杯奶茶。

「還沒吃早餐吧？」我問。

她動作遲緩的接過，有些感動的說：「謝謝妳，流蘇。」

「這學期過後，我就要離開台灣了，希望妳能好好照顧徐澈，給他一個全新的記憶。」我假裝漫不經心的提起，輕描淡寫的帶過。

「離……離開台灣？」鄧雨莐果然訝異的不得了，「妳要去哪裡？我……我聽說李佟恩申請到獎學金去國外念書，妳是要跟他走嗎？」

「是。」我點點頭，對上她驚訝的目光，重複道：「我會跟他走。」像是在說服自己一樣。

「裴流蘇。」

「嗯？」我止住步，回頭望向停在原地的鄧雨莐。

「你明明不喜歡他，為什麼還要跟他走？」她不解的問。

「我沒有不喜歡他，只是那種喜歡不一樣，而李佟恩需要我，他不能沒有我，所以我必須待在他身邊。」我淡淡的說，「就像妳需要徐澈，所以徐澈放不下妳一樣啊，我們都為別人著想著，最後卻忘了自己，可是如果放棄掙扎，對我們來說生活都會比較輕鬆，也比較好過。」

「流蘇……」

「不需要感到抱歉，真的，這是我的決定，所以我也希望妳能夠支持我。」我笑著說，和以前一樣。

她點點頭，也跟著笑了。「我會的，我會支持妳的。加油。」

「去吧。」鄧雨莐推我進去後，轉身離開。

徐澈正在看書，是一本國文講義。剎那間我的眼眶一熱，差點就哭出來，還好我忍住了。

「裴流蘇。」他注意到我，放下手上的國文講義，並輕放在一旁的小桌子上。

「對……那個，我想跟你說幾句話。」我有些緊張的說。

「過來坐吧。」他用眼神示意我做到病床旁的一張沙發椅。

「這應該是我們最後一次見面了。」見他還沒反應過來，我又道：「就你現在僅存的記憶來說，我們的生活肯定沒什麼交集，但是我們以前是形影不離的，我還住過你家。」

「真的假的……」他錯愕的回應逗笑我。

「信不信由你，但我說的都是真的。」我聳聳肩，赫然發現這動作是被他傳染的——以前徐澈常常做這動作。「現在我會把你當成……失去記憶前的徐澈講話喔。」

「什麼？喔喔，好。」他愣了下，隨即點點頭。

我深吸一口氣，「有時候我會想，如果我勇敢一點、狠心一點，該有多好？這樣我就不用顧慮到其他人的感受，走向你了。可是我很心軟，我想保護的人太多了，但卻無法每個人都顧到，就像你一樣呀。於是我只能選擇一種傷害最低的方式，而那就是傷害你。我不知道這樣究竟是好是壞，因為我最不想傷的人就是你了，可是我卻不得不這麼做。」我難受的吸吸鼻子，哽咽道：「因為我相信你會好起來的，你一定會好起來的……無論如何你都會好起來的啊。」

「……妳怎麼知道他會好起來呢？」徐澈顫抖著聲音問。

「因為他很勇敢。」我說。

「妳很喜歡他嗎？」

「很喜歡。」我哭了起來，「喜歡到快死掉了。」

「那為什麼喜歡卻不能在一起？」他眼睫輕輕搧了搧，緩緩地問。

我抹掉眼淚，「其實我不只一次想像過我們幸福快樂的模樣——一起坐在沙發上收看重播過好多回的電影，然後看到一半，靠在彼此身上睡著，然後變老。」我笑了，「我們學會逃避、學會隱藏，在錯的時間橫衝直撞，撞得滿身是傷，誓言要扭轉命運、要走自己的路，可是卻忘了其實我們都只是個十六、七歲的高中生。

「當初鄧雨莐需要你，所以你選擇陪伴她；而現在李佟恩不能沒有我，所以我必須放開那個我真的很愛很愛的男孩，給他我全部的愛。

「而我想，或許你也不需要我的愛了吧，畢竟，我把我的青春都給了你呀。」

徐澈忽然抱住了我，緊緊的，卻又溫柔的讓人無法掙脫。我被他突如其來的舉動嚇了一跳，有一秒幾乎錯以為他並沒有失憶。

「流蘇，我相信你們之後都會過得很好，等到我記憶恢復，我不知道世界會變的怎麼樣，但我相信一切都會好的。」他說。慵懶的嗓音讓安慰的話語顯得更加輕柔。許是被我的心情感染，即便他的聲音聽上去有多麼散漫，我都聽得出他努力壓抑住的情緒。

我不會忘記這一刻的他。

濕潤的眼角，唇畔掛著笑，懶洋洋的聲線充滿磁性，滾燙的肌膚隔著醫院的襯衫將我緊緊擁住，用力的像是要把我嵌進他身體裡去。

關於我們，那段時光還沒被我遺忘，我還沒那麼勇敢去割捨它。

我只是將那些回憶收藏起來，不再盲目眷戀或追求，該放手的終究不能死死抓住。

現實中有太多因素使我們無法相愛了。

但我感謝上帝，感謝上帝讓我遇見這樣的你，並讓我有所改變。

「我愛妳，徐澈。」

「沒想到第一次聽見妳叫我名字居然是在這種時候。」

「咦？」我嚇的跳開。

「因為，見到妳的時候有種熟悉的感覺，但聽見妳叫我名字時，卻很陌生，彷彿是再怎麼想起以前都沒有的。」

我心口像被人撕開般難受，我的愛還來不及跟徐澈說，他就失去了關於我的所有記憶。

從前他對我的好，於我而言成了理所當然，所以才忘了去珍惜，等到發覺時，我們卻通往不同的人生道路，流進另一個人的生命裡去。

「那麼，你可以代替以前那個徐澈，對我說『我愛你』嗎？」忍著眼淚，我勇敢提出要求。即便現在的他忘了愛我的感覺，也沒關係，我就要離開了，這一走，不知何時才能回來，但往後只要記得他說的這句話，再辛苦難熬的日子我都能撐過。

我緊緊抱住他，胸膛顫抖著，淚水沾濕了他肩膀那小塊布料。

徐澈點點頭，「我愛妳。流蘇，我愛妳。」

有的時候，我們放棄，並非是為了成全，而是為了讓彼此都不再痛苦，並且從中成長。

「我只是借他抄作業的人，他以後怎樣，與我無關。」

彷彿我和徐澈的相遇，只是為了印證這句話。

談戀愛的時候，本來就很難顧全大局，我們能做的，就只有堅持做自己認為是對的事情，日子久了，就會發現其實生活並沒有想像中的糟。

可能我還是會想他。

可能我還是會因為他的失憶而徹夜難眠。

可能我依然每天期待他突然出現，突然回頭，告訴我這只是他開的一場玩笑。

然後失望。

然後反覆無常。

——最後我愛的你，我們沒有在一起。

*

回到家後，又是一個失眠的夜晚。

我滑開手機螢幕，幽藍的光芒在黑暗中特別刺眼，開啟音樂檔案，就著上次聽到一半的歌曲，我按了繼續播放，打算聽完。

卻在聽見第一句副歌時，眼眶失守，任憑淚水滑入枕頭裡。

我把我的青春給你
不是因為想換取和你的婚禮
而是單純在最美好的年華
遇見了你　必需愛你

我把我的青春給你
不是因為想換取忠心的美名

而是單純在最美好的年華
遇見了你　必需愛你

這是一場沒有未來的愛情
和別人共享的愛情
這是一場沒有未來的愛情
不純潔也不唯一的愛情

（〈我把我的青春給你〉詞：陳利涴，曲：許瓊文）

這是一場沒有未來的愛情。

原來從我遇見徐澈的那一刻起，這首歌便這麼預言著。

*

「媽，搬到美國，會辛苦一點喔，得熟悉當地語言……」

「噯，當地語言不就英文嘛，你媽我當家教的，簡單的對話還可以接受。」媽擺擺手，不把我的叮嚀放在心上。

「反正是下個月的事，我還要先準備最後一次段考。」我將手邊的雜物放下，走回書房。

「妳這孩子，搬到美國還不知道什麼時候會回來，考試只有一次，妳到那邊還不會看妳在台灣學校的成績，老師推薦評語都給妳寫的不錯了。」媽叨唸。

「怎麼可以因為不看成績就亂考一通！」我對於媽的說法感到不可思議，「每一次段考都要全力以赴。」

忽然電鈴響了，媽還在房間整理下個月出國的行囊，於是我三步併作兩步的去客廳應門。打開門的瞬間我的心臟彷彿停止跳動。反射動作就是把門給關上。

「流、流蘇，」男人用腳抵住門，不讓我關門。「爸爸、爸爸對不起妳……」

「你沒有對不起我，你對不起的人是媽。」我刻意壓低嗓音，「趁媽發現你之前最好快點離開。」

「是誰啊？」媽喊道。

還沒來得及回應，媽已經走出來了。

她僵在原地，動也不動的望著爸，眼神空洞的像是穿過爸，看向更遠的地方一樣，我想媽一定是嚇到了。而面對這樣的她，我感到更加害怕。

如果、如果這時候徐澈也在就好了。他會告訴我該怎麼做，或者，在我有任何動作之前，他就已經替我把所有事情都打理好了。有他在，我什麼都不需要擔心。

可是現在他不在了，我不能再依賴他了，我想，這時候我必須勇敢。

「進……進來談談吧。」我最後打破僵局，選擇退讓。

爸坐在沙發上，神色緊繃的環顧四周，不斷抿唇。媽坐在另一張沙發椅，雙手十指緊扣擱在大腿上。當初愛的如此如此，而今卻又是如此。

「今天把話都講清楚吧，之後也沒機會了。」我將茶水放在桌上，搬了張凳子坐在茶几旁邊。

「你怎麼會突然過來？」怎麼也沒想過會是媽先說話，連我也訝異的不得了。

「去國外做生意回台灣，回到家的時候，發現……發現我桌子下那些用來包裝送給流蘇的東西被翻過，怎麼想也不會是徐……不會是那孩子翻的，就想過來確認。」

「我們和徐澈那孩子很好，你不必特別跳過。」媽說，「流蘇看到的時候有多不諒解徐澈，她以為是他故意不和她講的，加上對象又是你……」

「我對不起你們。」爸低聲道歉。

我跟媽都陷入一片沉默。

道歉來的太晚，顯得破碎，如果這句「對不起」能夠提早收到，或許媽便能更早釋懷。

不，不會的，再多道歉都換不回過往的一片真情相待。

爸並不知道媽在這段時間有多痛苦多難熬，他不知道的事情有太多了，沒參與到的又更多，自然是不會曉得他的離去給我們母女倆帶來多大的打擊。

而我不會告訴他。

我想，久別重逢，我們都希望自己展現出來的是最堅忍的一面，而非脆弱。

「都過去了。」

「是啊，都過去了。」媽順著我的話說道：「我們母女攜手走過這麼艱苦的歲月，都變得更加堅強了。過去怎麼樣對我們來說，就是過去，即使意義重大，也只是過去。」

接下來換爸不知道要說什麼了，他支支吾吾的，彷彿只有道歉能沖走尷尬。

「清禾，請相信我，那段日子我確實愛過妳。」爸爸喚媽的時候，口氣依然是那麼輕那麼柔，我幾乎要忘記他們那陣子是怎麼吵架的。

「我從來沒有懷疑過，」媽笑了，淡淡的，好像已經看透了、看清了，愛情原本就是這個樣子，「關於你愛我。」

「爸。」我喚他，「麻煩你一定要好好照顧徐澈，以後他一個人，會很希望家人在身旁陪伴的。做生意歸做生意，也希望你在經營家計時可以陪陪孩子。」

「你們……」

「不重要了。」我打斷他。就怕他話一出口會逼出我的眼淚。

「好，你們保重。」爸說著就要離開。「不過，剛剛說以後沒機會的意思是……」

「我們要搬去美國住了，短時間內不會回來。」媽簡短說明。

「怎麼這麼突然？」

「沒有突然，這是計畫很久的。流蘇的男……朋友，申請到獎學金讓他去那邊念書，說要帶上流蘇，我們兩家人便決定一同搬去了。」媽講到「男朋友」這字眼時，還停頓了下。

說實在的，我和李佟恩究竟有沒有在交往我自己也不是很在意，畢竟要和他一起出國，身分上來說就已經是不同於常人的了。

爸略顯驚訝，隨後又恢復正常。「好，自己小心一點，注意安全。」

「爸，」離開前我叫住他。「再見。」我抱住了他。

他的身體有些僵住，接著回抱我，也對我說了聲「再見」。

最後送走了爸，媽卻連一句道別的話都沒有和爸說。

「有緣的話，會再見的。」媽淡淡的說。

「妳……都好了嗎？」我猶豫著要不要問，最後還是問了，我怕媽又有個萬一。

「傻小孩，就像妳說的，都過去了，我們都走過來了呀。」媽摸摸我的頭。「而且我知道，就算以後發生什麼事情，妳一定會保護媽，對不對？流蘇長大了啊。」

都過去了。

我們都走過來了呀。

人生沒有什麼是過不去的，只有願不願意，還有，勇敢不勇敢，僅此而已。

我勇敢，是因為徐澈讓我能夠找回自己，並且在未來，我相信就算離開徐澈了，我仍舊可以勇敢面對每一個春天、夏天、秋天、冬天……

就像開在樹上的流蘇花一樣，勇敢，美麗。

花謝了，明年還會再開，或許這段路我們都走得不順利，但並不代表下一段旅程也會不順心呀，要相信生活是美好的，老天爺不會讓你一直受苦的。

我們，都會更好的。

對吧？

對吧。

Chapter 08

有些人的愛情註定會錯過。

我不是不能沒有你
只是喜歡有你
如果有天你離我而去
我不會沒了自己
曾為你活過的生命
與你共存　才有意義

所以不要浪費我的真心
因為那是最純粹的感情

（〈我把我的青春給你〉詞：陳利涴，曲：許瓊文）

「See you tomorrow,Joyce.」（Joyce，明天見囉。）Hana可愛的聲音隨著她蹦蹦跳跳的步伐震盪。

「See you.」（再見。）

我還是不太擅長與人交際，但我想，我正在慢慢學習與進步當中吧。

大學開學沒有多久，我便與Hana熟識，她是華裔美國人，有雙細長的鳳眼，笑起來的時候眼睛會瞇成一條細細的黑線，嘴邊還會露出淺淺的梨渦。

我喜歡她的梨渦。

于晴後來有到過美國幾次，但都因為時間湊不在一塊兒，我們都無法與彼此見面，相當惋惜，好不容易快要放暑假了，于晴說這次她一定要來找我，她說她有好多事情要跟我說。

而我也等不及要聽她說說那些事情了。

翻了個身，四面都是黑漆漆一片，我伸手開了夜燈，趿上拖鞋，走到廚房熱了杯牛奶來喝。

「也替我倒一杯吧。」身後傳來一道熟悉的嗓音。

「我才不要，你昨天早上還起床氣，我只是沒把蛋煎熟，你平時也吃半熟蛋啊，就那天特別挑嘴。」我一面將屬於他的杯子倒入鮮奶，放入微波爐，一面回應他。

李佟恩笑出聲來，寵溺似的彈我一記額頭，「妳怎麼還是這麼嘴硬。」

「哪有嘴硬，」我用下巴對著正在微波爐內浪漫旋轉著的牛奶抬了抬，說：「那杯也是我要喝的，我要喝兩杯。」我伸出手指頭比出「二」。

「妳搶不過我的。」李佟恩噙著笑走向我。「妳媽住的還習慣吧？」

我忍俊不住，「噗哧」笑出來。「哪有人過這麼久才問的啊！起碼剛搬進第二、第三個禮拜就要問了，你算算，這都過一年多了。」

他沉默了一會，輕輕呼出一口氣，道：「是啊，一年了，真快。」

「于晴下個月要來找我。」我雀躍的說。

他動作自然地摸摸我的頭，「很好呀，和老同學敘敘舊，這麼久不見，應該有很多話想聊。」

是呀，有很多很多話想聊。

關於在台灣的一切。

*

很快的熬過期末考，我抱著一疊厚重書本走出校園，李佟恩一見到我，馬上跑過來，接過我手上的東西。

「今天晚餐吃什麼啊？」我用手肘撞了撞他的手臂，「我想吃奶油雞肉燉飯。」

「嘿，小心點，妳這樣抓著我，書會掉下來。」李佟恩接穩險些掉出的課堂講義。

「哈哈哈哈哈，你知道你剛才快跌倒的樣子有多好笑嗎？」

「喂！忘恩負義的傢伙，也不想想這些講義是誰的。」

「對了，李佟恩，我一直忘記問你……」

回到家，我們一前一後走進客廳，外套隨手扔在沙發椅背上，成堆的書本也就擱在桌上，等家長們回家肯定要被唸個幾回。

「嗯？問什麼？」李佟恩舒服的躺進沙發裡去，雙手枕在腦後，闔上眼睛，閉目養神。

「就……就是……」我支支吾吾的，連我都覺得不像自己了。「我不知道現在講這個是好還是不好啦，但我還是想問。高二那年，你原本和我約在後花園，結果我沒去的那次，」感覺到氣氛明顯結冰，李佟恩呼吸一滯，「你那天……到底要跟我說什麼？」但我還是問出口了。

李佟恩摸了下鼻子，扯了扯唇角，直起身來，兩隻手手肘底在左右膝蓋上，像是在思索著什麼。我最怕這樣的他了，好像隨時都會生氣一樣，我沒辦法再接受任何一個人的離去了。

他壓了壓眉心，過了許久才說：「我原本要正式的向妳告白，希望妳是在那種情況下接受成為我的女朋友，而不是在一片混亂當中莫名其妙成了李佟恩的女朋友。我還準備了東西送妳。」李佟恩淡淡的說，彷彿陳述一個過去式，絲毫不帶情緒起伏。

可是我不能害怕，因為我比誰都要清楚，李佟恩才是在這段感情裡最容易受到傷害的人，而我現在將往事重提，只是在揭他瘡疤而已。

於是我小心翼翼的出聲：「那你要送我的東西，該不會負氣丟掉了吧？」我語帶調皮的問道。

他果然笑了，「怎麼可能。它現在躺在我抽屜裡面，我去拿給妳。」他起身就要走去書房，卻被我給叫住。

「改天吧。」我對他微笑道，「等你準備好重新向我表白時，再拿給我，好嗎？」

也等我準備好再說，好嗎？

于晴明天就要來了。

「流蘇，于晴挑嘴嗎？」媽從廚房喊了出來。

「什麼？」我因為抽油煙機的聲響太大而沒聽清楚媽說了什麼。

「我說，」她乾脆走出廚房，「于晴那孩子有沒有什麼東西是不吃的？人家特地從台灣過來看妳，得好好招待一下才行。」

「喔……應該沒有。」語畢，我走回房間整理衣櫃。

這個月支出變少了，剩下來的打工的錢可以拿來買一些夏季的衣服，畢竟春天就要過了。美國這裡有不少人已經在大賣場買新的比基尼，然而我對陽光浴一點興趣也沒有，待在陽光底下於我而言就只是做好萬全準備，然後——得皮膚癌。

李佟恩曾經向我抱怨過，說我一點兒也不浪漫，我說生活就是生活，浪漫什麼的根本浪費時間。當然，嘴巴上是這麼說，我偶爾還是會偷偷期待李佟恩念書回家時，手上多了份禮物之類的東西，可惜沒有，那傢伙好像就這麼相信我討厭浪漫了。

嘖，他明明知道我嘴硬啊。

門鈴忽然「叮咚」響了，原以為是李佟恩回家了，我正為我清純時期少了的浪漫哀悼，臉色自然是陰沉了些，打開門時迎接的竟然是于晴！

她一見面就先來個飛撲抱，回抱她的同時，我捏了捏她腰際，幾乎沒什麼肉。

聽說上了大學後，于晴被某間經紀公司看中，簽了約，從最普通的平面模特兒開始做，到後來接了一些電視廣告，甚至偶爾上上通告對她來說已經是家常便飯了。

「過的好嗎？」我一面問，一面上下打量她。

「不錯啊，多采多姿。」她笑著說。「妳呢？我最近太忙啦，沒什麼時間打電話給妳。」

「就那樣吧，沒什麼特別好，也沒特別不好。」

餐桌上，媽熱情招待于晴，不斷夾菜給她吃。于晴吃的津津有味，卻又心不在焉的往我這裡一直看，她大概猜到我方才又口是心非了吧。

確實，和李佟恩相處的這一年下來，我的生活恢復平靜，簡簡單單的，沒什麼不好。但有時李佟恩的爸媽和我媽論及婚嫁，說什麼一畢業就要讓我們倆結婚，不得不承認，我從沒想過這種事。

雖然李佟恩總笑著要我別當真，但我當然明白，他有多希望我認真思考這件人生大事。

「還是妳要回台灣，和徐澈重新開始？」吃飽飯，于晴瘋狂似的向我尋答案。「我機票都替妳買好了呢，還是回去一趟好吧？」

「我看妳是嫌錢太多。」我橫她一眼道。「不可能，畢竟那些都過去了。」

我的青春已經過去了。

「不，流蘇，妳錯了。」

「什麼？」我說過吧？人生最無法接受的，就是有人對我說出「妳錯了」這三個字。

「對妳來說是過去，但是對剛剛從仙境醒來的徐澈而言，叫做現在進行式。」于晴伸出食指，在我眼前搖了搖。

「什麼仙境？」

「愛麗絲夢遊仙境啊。」

我差點無言。

「徐澈出院後回到學校上課，班上同學不斷提起妳，我看他表面上沒什麼反應，心裡還是難受的吧。」

我沒有說話。一想到徐澈總是在我需要他的時候出現，而我卻在他無助時無能為力，心裡就難受。

「我還會再多待幾天，妳在我回台灣前給我答覆就好。」

「……妳是真的？」

「廢話。」

「算了吧，哈哈。」面對于晴的認真，我像是自嘲的笑出來。

「什麼算了？」李佟恩的聲音從紗窗外傳來，我和于晴互望一眼，方才竟然忘了將陽台窗戶關上，這下要是被聽見了，怎麼辦？

「我剛剛經過這裡，外面不熱嗎？今天天氣悶悶的。」

聽見李佟恩這麼說，我才安下心來。

這樣應該是沒聽到吧？

*

于晴天天向我提起回台灣一事，其實我很糾結，我若是回台灣，李佟恩怎麼辦？我沒辦法拒絕他們任何一個人……想到這裡，我才發現，過了這麼久，我還是沒有定下心來，全心全意去愛李佟恩。

究竟是誰說時間能夠沖淡一切的呢？

在美國，睡前我偷偷拿起李佟恩的照片，用力的深刻的烙進腦海。我以為這是愛的表現，後來才知道，這麼做是為了讓自己不在夜深時想起徐澈。在熱情活潑的Hana面前，我誇張的大笑、開玩笑，所有的一切都像是在演戲，說服自己眼裡只看得見李佟恩。

如果我去看徐澈，我要怎麼跟他說話？我要跟他說些什麼，比較像是平時我們會聊起的話題？我，應該以什麼樣的姿態，去面對一個一年前忽然失憶的男孩？

是啊，我放不下他，說什麼灑脫，好像自己多瀟灑，關於他的所有卻沒辦法假裝不知道、沒辦法忽視。他獨佔了我的青春、我的全部，只要他一句話，我會立刻回到他身邊，無論如何。

房間門被敲了兩下，李佟恩開了個小縫，額頭抵在門邊，見我還沒睡著，便用唇語問我：「阿姨睡了嗎？」

察覺到他不同於平常，我趕緊起身，跟著他走出房間，「睡了，有話到餐廳那邊聊吧。」

「流蘇，春天要過了。」他淡淡的說。

我喝了一口水，「怎麼，感傷歲月一去不復返嗎？這種時候是不是應該要來杯酒之類的好應應景呀？」我打趣的問。然而直覺告訴我接下來將會發生的一切。我隱約知道的。

「流蘇，妳會懷念台灣的流蘇樹嗎？尤其是學校那顆，現在應該還開著花。」李佟恩聲音輕飄飄的，彷彿一陣風就能把他吹走。

「……你怎麼了啊？是不是真的想喝酒？大家都成年了不需要這麼委婉含蓄喔……」感覺到氣氛愈來愈詭異，我只能繼續我的玩笑，免得越來越尷尬。

是啊，學業成績再好又怎樣？我學得最好的仍舊不是正視問題，不是認命，而是逃避。

「流蘇，妳知道，」他終於望向我，眼睛澄澈透明，好像一眼就能望穿我所有心思，「如果妳想走，我不會留妳。」

原來那天我與于晴在陽台上的對話，他都聽見了。

「不是這樣的……」

可是，現在好像多說什麼，都是枉然。

我確實希望我與李佟恩之間的感情是建立在互相信任的基礎上，但仍然會有不想讓他知道的事情，比如徐澈，他就像是我們兩人之間一道無形的傷口，輕輕碰觸都覺得疼痛無比。

「現在開始，我說的話希望妳能認真聽，並且相信我，好嗎？」李佟恩捏了捏我的手心。

我用力點點頭，嚥了嚥口水，答應待會不插話。

「這一年來我想過很多，究竟斷絕妳與徐澈的聯絡是對的還是錯的，我真的思考很久。生活上聯繫斷了並不代表感情也會因此斷裂，心還在啊，心臟還在跳動，只要它多跳一下，你們的感情就多延續一天。」他清了清喉嚨，繼續說：「說不會吃醋是騙人的，剛開始我想到這裡，就會覺得很煩，為什麼你們要互相喜歡呢……為什麼流蘇妳可以同時愛著兩個人呢？

「想來想去，沒有人給我答案，我就告訴自己，或許放手讓妳去做真正想要的，才是讓妳幸福。但是這早在我升上高三那年就已經對妳做過了，只是妳又回頭抓住快要溺水的我。

「流蘇，對於妳回台灣找徐澈這件事情，我是支持妳的，相信我，我真的很支持妳回去看看他。雖然妳人在美國，但心一定不在這吧？妳就去吧，去面對一切，不要再逃避。」

突如其來的口乾舌燥，我彷若失去語言能力，失去和他對話的能力，只能佯裝什麼都不懂的望著他。而的確，我不懂，不懂他為何要這麼做，不懂為什麼對李佟恩來說，喜歡就是將一個人不停往外推離自己。我咬著下唇，不知道這時候應該說什麼。

「再……再看看吧。」

最後我這麼說了。

再看看吧。

*

那天深夜，我原本要繼續做尚未完成的報告，但心臟揪的很緊很痛，眼淚再也克制不住地掉落，啪答啪答落在木頭地板上。

盯著亮著白光的電腦螢幕，世界再次安靜了下來，只剩下我腦中的畫面不同些的喧囂嘈雜著，他笑著的樣子、氣我不夠勇敢的模樣、眼眶紅潤的畫面，以及，他有多想保護我的那雙眼神……一幕一幕，彷彿按了重新播放鍵，和他想處過的畫面又重頭看過一次，依然那麼悲傷、那麼讓人心痛。

眼淚瘋狂似的墜下，我不管李佟恩可能正站在門外偷聽、不管媽媽也許在後陽台曬衣服，就這樣放肆的大哭，不甘心的大哭。眼淚彷彿千斤重般，落下的每一粒，都奇重無比，像是要將我整個人撂倒。

我以為傷過了、痛過了，當再次接觸，就能免疫，可是沒有，傷口被撕開的瞬間，我感覺到全身血液都停止流動了，唯一在流的，只剩下傷口那塊地方，鮮血直流、一直流、一直流……

難道，我還沒有釋懷嗎？我不早就看開了嗎？

這些，對我來說，不早就成為過去了嗎？早就不重要了，不是嗎？

不是。

不是這樣的。

忽然一股輕柔的力道擁我入懷，我聞到屬於李佟恩身上的味道，緊緊抓住，攀在上頭嚎啕大哭。

他永遠知道我為什麼而哭，也明白為何我如此難受。

總是夾在他們兩人之間，我真的好累。

*

于晴向我再三確認不和她一同回台灣後，搭乘下午兩點鐘的飛機離開美國。

李佟恩拍拍我的背，問：「去吃飯嗎？」

「你今天不下廚？」除了家裡有客人要特別招待，幾乎每個晚餐都出自于李佟恩之手。

他搖搖頭，「今天太累了，脖子好痠。」

「我來替你按摩按摩吧。」我繞到他身後，兩隻手分別放在李佟恩脖子的頸彎處，開始按壓。

「每天都有這等福利嗎？」他打趣的問。

「看我心情。」我故意這麼回。

「流蘇，妳真的願意留下來嗎？」他突然問。

替他按摩的雙手停頓了下，隨即我繼續方才的動作。「其實我很好奇，明明你愛我，又為什麼老把我往其他人那兒推？你是真的愛我嗎？」

「妳還懷疑我啊。」李佟恩提高音量，「別忘了是誰願意為誰做到這樣的地步……我什麼都可以不要，只要妳。」

「別忘了現在是誰在幫誰按摩。」我模仿他的口氣回嘴。「我覺得我該回去看看，但不會和他有所接觸。」

「為什麼？」

「只要看到他過得很好，我這趟去就足夠了。」

李佟恩點點頭，嘆了口氣，「流蘇，妳可能會覺得我很奇怪，在妳眼裡我也許是你們愛情的絆腳石，但在我的認知裡，如果是自己想要的就要努力爭取，而努力爭取是沒有錯的，希望妳能理解。」

我停下按摩的動作，坐到他身旁，輕輕將頭靠在他肩上，「……我會回來。」

「什麼？」

「我說，去了台灣，確定他一切安好，我就回來。」我握住他的手，緊緊的。

他點點頭，眼角閃著的水光任誰都看的見。於是我起身，吻了吻他的眼角，然後擁抱他。

擁抱這個脆弱的男人。

最後我們叫了外賣解決晚餐。

電視正播放著《鐵達尼號》這部老電影，雖說年代久遠，可是很感人，當我看到男主角下水，把那塊木板讓給女主角，最後凍死在冰冷海水時，忍不住泛起淚光。

究竟要愛一個人到多深刻，才能將自己的生命奉獻於他人？

我們好像一輩子都在探討愛情，卻沒有人能真正說出個所以然，我想，這就是愛情奇妙的地方吧。

「流蘇。」我聽見李佟恩喚我。

「嗯？」

一個冰涼的觸感落在手腕，我低頭一看，是一條銀色的手鍊，上面只有一朵花的墜子，其他多餘的綴飾都沒有。

「這……」

「裴流蘇，我愛妳。」李佟恩搔搔後腦杓，臉頰紅了起來。「比起喜歡妳，我更愛妳。」

我有些感動的望著他，「這就是你那天要給我的嗎？」

「對。」他點頭，伸出他的左手，轉了轉，對著我笑：「我也有一樣的，只是沒有綴飾。」

燈光從銀鍊反射進我的眼睛，如此美麗的光芒竟深深刺痛了我。

「謝謝你，真的好漂亮。」同一時間，濃厚的罪惡感忽地湧上。

「妳喜歡嗎？」李佟恩抿了抿唇，略顯不好意思的說：「其實我一直不知道女孩子到底喜歡什麼東西，所以當初在買這個的時候想很久，也不知道妳會不會戴這種東西……」

我趕緊將方才不愉快的感覺甩至腦後，上前擁抱住他。

「喜歡，我很喜歡。」我感動得掉淚，「謝謝你，李佟恩。還有，我愛你。」

這大概是我第一次對李佟恩說出那三個字吧？

我愛你，是真的愛你。

只是……

*

回到我土生土長的台灣，反而有種不太習慣的感覺，好像我已經離開這裡十幾年了，今天是回來參加好朋友婚禮之類的……

我循著街道，走到明和高中，由於是假日，大門敞開，讓前往運動的人在操場跑步、做操、打籃球、網球等等。我熟門熟路的來到後花園，發現流蘇樹下躺著一個男人，穿著白色襯衫，胸膛起伏得很穩很沉，像是在那裡睡很久似的。他身旁放著一本厚厚的相簿，不知為何，明明距離很遠，我卻還是能清楚看見照片上十六歲的裴流蘇。

忽然身後竄出一道身影，她一邊跑，一邊喊著男人的名字——

「徐澈、徐澈！你又在睡覺！」

跑過我時，鄧雨莀腳步倏地停下，轉身看向我的同時，嘴巴張大，不可思議的眼神毫無防備的流露出來。

「流——」

「噓。」我將食指靠在唇畔，示意她禁聲。

鄧雨莀瞠著漂亮的圓眼，木然的點點頭，拿著兩瓶礦泉水跑向徐澈。

徐澈坐起身，蹙起眉宇，問：「幹嘛買水？我自己有帶。」而他慵懶的聲音清清楚楚的傳進我耳朵裡。

嘴角忍不住向上揚起，聽見好久不見的聲音，本以為當我親眼見到他、聽見他，情緒會無法控制的大哭，然而此刻的我心情竟是那麼柔軟。

「啊……我忘了。」鄧雨莀吐吐舌頭。「沒關係啦，反正你總會喝完，到時候還不是要買水。」

「這樣就不冰了。」徐澈撇撇嘴，站起身來，拍拍屁股上沾著的草屑。「妳先回去吧，我還想在附近晃晃。」

「我跟你去！」鄧雨莀自告奮勇的樣子跟以前一樣，沒有改變。

「不要。」徐澈冷聲回絕。「我想一個人靜一靜，妳在旁邊太吵。」

「妳真是一點都不喜歡熱鬧。」

「跟我一樣。」

想到以前的對話，我又一個忍不住，輕輕笑了起來。

鄧雨蔙果然先回去了，她的背影說有多落寞就有多落寞，徐澈竟然就這樣毫不留情地丟下她一個人離開了。

我悄悄的跟在後頭，聲音輕得宛如貓足踏在地上，彎進一條巷子，我便知道他要去哪裡了。

剛到的時候，夕陽才剛剛準備要落下，雲彩成絲成縷綻開，像是被撕下的棉花糖一般，還來不及入口，就融化在天空中。

我看著徐澈站在廣大無垠的草原上，靜靜的，什麼都沒做，就只是站在那裡。偶有微風拂過，柔亂了他的黑髮，飛舞的頭髮讓他看起來像個猖狂的少年。

望著皺著眉的徐澈，耀眼的陽光將他側臉的稜角勾勒得十分漂亮，像金邊鑲在臉上一樣，整個人都閃閃發光。我彷彿聽見有什麼東西正用力撞擊著心臟，我想哭，可是卻哭不出來，悶痛的感覺令我想吐。

腦海像按了自動播放鍵一樣，我們相處過的畫面一幕一幕播映，我們為彼此流過眼淚、也大笑過，感受過彼此手心的溫度，和擁抱的力量。

或許多年過後，徐澈的模樣會漸漸模糊，我會慢慢忘記他的樣子，但有關他的一切，仍然會是那麼的清晰。

我感謝徐澈，感謝他出現在我的生命裡，並擁抱了我的青春。世界這麼大，不可能每一個人都能在感情這條路上如願以償，有些人的愛情註定會錯過，雖然最後我們沒能走在一起，但在彼此的人生中曾經相伴一程，我想，這就足夠我用一輩子的時間去懷念與珍惜。

徐澈呀，徐澈，希望你不要埋怨那個無聲無息、悄悄來到你身邊的我，我前進了，所以你也要往前。告訴我你會堅強，告訴我你不會放棄，我們都要幸福著，好嗎？

忽然大地籠罩一片橘紅色，天空的橙色顏料隨著時光流入心底，照亮每一個角落。夕陽西下，景色彷彿比昨天更美。一陣悠揚的音樂聲傳來，我順著音樂聲的方向望去，看見徐澈正拿著一支小短笛在吹奏。

我望著夕陽，望著站在一片夕陽裡的他，露出微笑。

「流蘇。」

「幹嘛？」

「所有雨過天晴後，我們再一起來看夕陽。」

「我們？」

「對，我們。」

傳說夕陽西下時，和你一起看日落的人，是你這輩子最愛、最無法割捨的人。

和我一同觀望夕陽的徐澈與眼前的美景融為一體，我，笑了。

所有雨過天晴之後，再一起來看夕陽。

我想，我們終於兌現了當年的承諾了。

「我把我的青春給你，不是因為想換取和你的婚禮，而是單純在最美好的年華，遇見了你，必須愛你……這是一場沒有未來的愛情，和別人共享的愛情；這是一場沒有未來的愛情，不純潔也不唯一的愛情……」

我哽著聲音，隨著徐澈的樂聲，輕輕唱起……

（正文完）

番外一：候鳥未歸

無窮無盡是離愁，天涯地角尋思遍。——晏殊

對不起，李佟恩。我這輩子最對不起的人就是你了。

午後的陽光從窗外拋進一束束光線，一大面乾淨俐落的玻璃落地窗旁，李佟恩手裡握著一條純銀手鍊，大拇指來回摩娑著光滑的金屬表面，直到冰涼手鍊生出熱度，他才驚覺自己又開始思念流蘇了。

信中，流蘇問他，為什麼喜歡就是不斷地把一個人往外推？

李佟恩自己也不明白，怎麼總是希望流蘇去追求自己想要的呢？明明就希望她留在自己身邊，明明就不想要讓她去找徐澈，明明……明明知道她是個走了就不會回來的人。

畢竟流蘇從來就不是候鳥，她沒有歸期，她沒有北方。

「也許流蘇從不屬於你吧。」鄧雨莸啜了口英式奶茶。

流蘇離開美國之後，遲遲沒有音訊，後來裴媽媽告訴李佟恩，她們要回台灣了。

當時李佟恩一收到答案，竟沒有太大的反應。或許他是知道的，他早就知道所有事情發展的去向，只是不願面對而已。心裡總有個底。

但胸口的疼痛迫使他來到台灣。他沒有刻意找流蘇，也沒有高調地告訴全世界他的即時狀態，只是循著與流蘇踏過的地方，晨跑的足跡，那家早餐店，那個公車站，那家冰店，那些路線。每踩下一步，心臟便狠狠抽痛一次。

後來，他在流蘇樹下遇見鄧雨莌。他們隨後一同到了學校附近新開的咖啡廳，雖然彼此不熟，但情況卻挺相似的。

「其實流蘇曾告訴我，她沒辦法給徐澈什麼，才選擇離開。」鄧雨莌緩緩的說，聲音平靜得像靜止的湖面，「她愛你，但那種愛已經超越了愛情，感情這事是攀到高處便無法下來的，若要回頭，一跳就是最初，就是重來，回到最陌生。」

「嗯……其實我知道她始終放不下徐澈。」

李佟恩抿了抿唇，抿出淡淡的苦澀。他怎麼會不明白流蘇對徐澈的感情？

原來他們都在逃避。不只是當時的流蘇，他自己也一樣。

但，流蘇往前了，他是不是也不該停留在原地了呢？

鄧雨莌小心翼翼的將信紙折回原來的樣子，收回信封袋，還給李佟恩，露出釋然的笑容。

「我想，或許你也不能為流蘇做什麼吧。」她又說。

啊。

就是這樣。

像是發現了什麼，李佟恩心中忽然不再這麼沉悶了。他得到了答案。

也許這輩子他都會如此愛著裴流蘇，甚至不會再愛上其他人了。

但沒關係，只要她還在，他們還是彼此心靈的依靠就足夠，只要她依然將他安置在心中，依然同以往與他分享生活，那麼一切都值得了。他的愛便值得。

親愛的李佟恩：

過了這麼久才鼓起勇氣寫信給你，希望你不要生氣，也不要難過。

這封信寫了又丟，丟了又再拿出新的一張紙寫，有好多話想跟你說，卻又不知道該從何說起，那就別介意接下來排序有點亂的內容吧。

爸媽離婚之後，是你一直陪著我，帶我走出低潮，那時候我是真的非常害怕一個家的破碎，但卻因為遇見你而重新有了家的感覺。

每天早上，我都很期待坐上你的腳踏車，那讓我很安心，看著你的背就覺得好溫暖，忍不住想依靠。你永遠是我回頭時就能看見的家。

啊，還有，有段時間並不是故意冷落你的。其實那時候我媽被綁架，我不敢告訴別人，就怕事情鬧大我們又會有個萬一，那陣子我們住在徐澈家……很抱歉一直都沒跟你說，我不想讓你誤會什麼，再說，你也知道我並不是個會把心事隨口說出來的人。但你一直以來是我信任的人，這一點始終沒變，希望你明白。

後來徐澈失憶，像電視劇這麼芭樂的劇情竟然在我身上上演，卻也中止這場我們都以為停不下來的賽跑。

其實我知道我和徐澈不會有任何結果，卻又同時害怕傷害你，所以死死抓住你不放，答應和你一起去美國生活……我認為這是保護，認為這樣對誰都好，到頭來卻是誰都受到了傷害。甚至，我以為如此一來，我會真正愛上你……我是說，男女間的那種情愛。

可是後來回到台灣，看見徐澈的那天晚上我想了好多。

我愛你。對你的愛是親情的愛，是家人之間密不可分的感情，而非男女間的情愛。也許這輩子就只能是這樣，不會再更多了。我喜歡你是我的家人，並總是慶幸著每當我疲憊的時候身邊的人是你。我想守住這份關係。

能夠被你愛，我是何其幸運。

對不起，李佟恩。我這輩子最對不起的人就是你了。

也對不起，最後我食言了。

如果我回去了，我們就得不斷地欺騙自己，但真的不能繼續下去了。

我想清楚了，所以選擇留在台灣面對一切。

你在美國一定要好好的、專心的念書，完成學業後往你的夢想前進。我會在台灣等你回來。

是啊，這次換我等你了。

愛你的　流蘇　二〇一三年一月四日

番外二：輕輕地記得

寸寸柔腸，盈盈粉淚。——歐陽脩

一大清早，名為「青春MY YOUTH」的咖啡店便飄出慵懶的咖啡香味兒。徐澈皺了皺鼻子，取出精巧的白色瓷杯，替自己倒入一杯濃縮咖啡。

「徐大哥！徐大哥！」一個女孩衝到櫃檯前，踮起腳尖，「我跟你說，我那部影片有十萬的瀏覽次數了！」

徐澈啜了口咖啡，「什麼影片？吃東西的那個？」

這女孩很奇怪。徐澈心想。有時特別活潑，有時卻像個欠缺生活能力的人懶惰無比，該擔心的事情不擔心，對喜歡的事物倒是非常執著。

大學畢業之後，徐媽媽和叔叔替他開了一家咖啡店，讓他自已經營。這家店位於一間大學正對面，不管事上午還是晚上，都會有許多學生和上班族前來光顧。有些人會在這裡待上許久，有的人則是買完餐點後就離開了，生意一直都很好，一切正在逐漸好轉。

「妳先去位子上待著，我先忙。」看著店裡客人愈來愈多，徐澈於是這麼說。

「我要一份培根豬排起司三明治和英式奶茶，去冰。」一位女客人一面從皮夾抽出千元鈔，一面用肩膀夾著手機，「喂，妳好，我是裴經理，是，是，上次跟您說的……」

徐澈操作收銀台的手頓了下，女人有著俐落的黑色短髮，穿著灰色格紋的套裝，聲音非常乾淨，非常……熟悉。

「好了嗎？再不快點我們就要遲到了。」突然一個穿著西裝的男人走過來，替她扶著手機。

「不好意思，能做快些嗎？」男人語帶抱歉地問。

徐澈回過神，「啊……好的，沒問題。」

一直到離開前，女人都沒有看他一眼。

但他看見了。看見她無名指上，一枚閃爍耀眼的幸福。

這一刻，他終於放下了。

後記：跌跌撞撞的青春

Hello大家好，我是倪倪。

《你擁抱了我的青春》差不多是在我高一的時候完稿的，從簽約到真正出版，不知不覺過了一年多，在這期間，我從期待、興奮，一直到後來開始擔心這個故事會不會其實並沒有那麼好？是不是還有哪些部分需要再多做描述？

於是前前後後又經歷了不下百次的修稿。

是的，連結局也不一樣了。

在這邊跟大家透露一下好了，最初的設定，是要讓流蘇和徐澈有情人終成眷屬的，但沒想到我愈寫愈歪，不知道是不是我本身是個寫不出happy ending的體質，所以整個故事的走向愈來愈虐……

所以說大綱都是騙人的。

開始寫這個故事的時候，是在我高一下學期，開始對高中生活熟悉，也開始玩社團的時期，後來漸漸地發現，其實人生當中，最能夠讓人留下美好記憶的，正是這個時候——看似容易，其實充滿了人際關係以及各種煩惱萌芽的階段。

老實說我沒有談過戀愛，所以徐澈和李佟恩完全是我幻想出來的角色。他們各有優缺點，在高中生涯中，也有許多讓人心疼的時刻。而流蘇則是扮演那個拯救他們的人，一起經歷許多青春的快樂與悲傷。

每個人都有過一段跌跌撞撞的青春吧？

在一個懵懂又急著想要長大的年紀，撞出一身傷，不斷的在身邊尋求慰藉，那個慰藉也許是朋友，也許是家人，或者是一段愛情。

青春啊，大概就是這樣的吧？

我想應該有不少人想知道：流蘇為什麼最後要選擇離開？兩個人互相喜歡，難道就不能在一起嗎？其實我也懷疑過自己為什麼非得把他倆拆散不可……

流蘇在後來跟鄧雨茫說過一句話，她說：「我不能為他做什麼。」

我有一部很喜歡的韓劇——《清潭洞愛麗絲》裡曾經提到：我愛你的反義詞不是不愛你、不是利用你，而是「為了那個人能做的事什麼都沒有了」。

我想，流蘇就是抱著這樣的想法離開的吧。

畢竟每個人在愛情裡面都會有屬於自己的價值觀，不管是擁有、失去，都會有各自的一套看法——徐澈認為愛情就是不顧一切；流蘇認為愛情應該要簡單平凡；李佟恩覺得愛情是默默陪伴；鄧雨茫則以為愛情是可以不擇手段的。

他們在彼此交錯的價值觀裡跌跌撞撞，雖然都受了傷，但相信大家在番外中也看到了，他們都已經成長，走出傷痛，重新在這樣充滿未知的人生當中抬頭挺胸。真是太好了。

不知道是不是因為年紀與故事背景設定相符的關係，大學面試的時候，教授問我：「如果你是女主角，你會比較喜歡男主角還是男配角？」

我的答案是李佟恩。

雖然他在故事裡面總會給我一種有點懦弱的感覺，但是我非常喜歡李佟恩那種默默陪伴類型的人，大概也是因為我自己跟流蘇某些部分很像，大多時候比較習慣一個人，覺得這樣比較自在，如果是徐澈的話，我可能會覺得他很吵很煩吧？（徐澈派的別生氣呀！）

我在多次修稿的時候發現，流蘇並不是一個多麼討喜的女生。但我卻覺得不管是她的想法、行為，其實都很貼近生活，流蘇會忌妒，會自私，會以自己為出發點去判斷事情，但同樣的，再怎麼堅強，她也會後悔，會哭、會軟弱，我認為她是個很真實的存在，所以我個人非常喜歡她。

那麼最後~如果大家有什麼煩惱，無論是感情上的、或是其他方面的問題，都可以透過粉專或我的Instagram和我分享喔！（先說，我真的很少使用臉書）雖然我今年剛滿十八歲，經歷的事情還不算多，但就算有些事情不能給你們明確方向，還是可以成為傾聽者的！

那我們就下次見啦！

Love you all. ♥

倪倪

要青春32　PG1828

要有光
FIAT LUX

你擁抱了我的青春

作　　者　倪　倪
責任編輯　林昕平
圖文排版　周妤靜
封面設計　王嵩賀

出版策劃　要有光
發 行 人　宋政坤
法律顧問　毛國樑　律師
印製發行　秀威資訊科技股份有限公司
114台北市內湖區瑞光路76巷65號1樓
電話：+886-2-2796-3638　傳真：+886-2-2796-1377
http://www.showwe.com.tw
劃撥帳號　19563868　戶名：秀威資訊科技股份有限公司
讀者服務信箱：service@showwe.com.tw
展售門市　國家書店（松江門市）
104台北市中山區松江路209號1樓
電話：+886-2-2518-0207　傳真：+886-2-2518-0778
網路訂購　秀威網路書店：http://store.showwe.tw
國家網路書店：http://www.govbooks.com.tw
總 經 銷　聯合發行股份有限公司
231新北市新店區寶橋路235巷6弄6號4F
電話：+886-2-2917-8022　傳真：+886-2-2915-6275

出版日期　2018年7月　BOD一版
定　　價　270元

國家圖書館出版品預行編目

你擁抱了我的青春 / 倪倪著. -- 一版. -- 臺北
市 : 要有光, 2018.07
面 ; 公分. -- (要青春 ; 32)
BOD版
ISBN 978-986-96321-6-4(平裝)

857.7 107009008

讀者回函卡

感謝您購買本書，為提升服務品質，請填妥以下資料，將讀者回函卡直接寄回或傳真本公司，收到您的寶貴意見後，我們會收藏記錄及檢討，謝謝！如您需要了解本公司最新出版書目、購書優惠或企劃活動，歡迎您上網查詢或下載相關資料：http:// www.showwe.com.tw

您購買的書名：________________________________

出生日期：________年________月________日

學歷：□高中（含）以下　□大專　□研究所（含）以上

職業：□製造業　□金融業　□資訊業　□軍警　□傳播業　□自由業

□服務業　□公務員　□教職　□學生　□家管　□其它____

購書地點：□網路書店　□實體書店　□書展　□郵購　□贈閱　□其他

您從何得知本書的消息？

□網路書店　□實體書店　□網路搜尋　□電子報　□書訊　□雜誌

□傳播媒體　□親友推薦　□網站推薦　□部落格　□其他________

您對本書的評價：（請填代號　1.非常滿意　2.滿意　3.尚可　4.再改進）

封面設計____　版面編排____　內容____　文／譯筆____　價格____

讀完書後您覺得：

□很有收穫　□有收穫　□收穫不多　□沒收穫

對我們的建議：________________________________

____

____

____

請貼
郵票

11466
台北市内湖區瑞光路 76 巷 65 號 1 樓

秀威資訊科技股份有限公司 收

BOD 數位出版事業部

(請沿線對折寄回，謝謝！)

姓　　名：__________ 年齡：______ 性別：□女 □男

郵遞區號：□□□□□

地　　址：______________________

聯絡電話：(日) __________ (夜) __________

E-mail：______________________